光文社古典新訳文庫

オイディプス王

ソポクレス

河合祥一郎訳

kobunsha classics

光文社

Title : ΟΙΔΙΠΟΥΣ ΤΥΡΑΝΝΟΣ
B.C.429頃
Author : ***Σοφοκλῆς***

Richard C. Jebb, ed. and trans., *Sophocles: The Plays and Fragments with Critical Notes, Commentary, and Translation in English Prose*, Part 1: 'The Oedipus Tyrannus' (Amsterdam: Hakkert, 1966)

凡例

・この翻訳は、ギリシャ語と英語の対訳になっている Richard C. Jebb, ed. and trans., *Sophocles: The Plays and Fragments with Critical Notes, Commentary, and Translation in English Prose*, Part 1: 'The Oedipus Tyrannus'（Amsterdam: Hakkert, 1966）を底本として、ギリシャ語原文の韻文構造を確かめ、原文の英語注記を頼りにして行った。原文の解釈については、原文に英語の注が付された Lewis Campbell, ed., *Sophocles: The Plays and Fragments, edited with English Notes and Introductions*, Second edition, revised（Hildesheim: Olms, 1969）〔*Sophocles Volume 1: Oedipus Tyrannus, Oedipus Coloneus, Antigone*, Clarendon Press Series, Second edition, revised（Oxford: Clarendon Press, 1879）の復刻版〕と、英語の注釈本 J. C. Kamerbeek, *The Plays of Sophocles*（Leiden: Brill, 1967）と R. D. Dawe, ed., *Sophocles: Oedipus Rex*（Cambridge: Cambridge University Press, 1982）も参照した。同様に対訳になっている Hugh Lloyd-Jones, ed. and trans., *Sophocles, Volume 1: Ajax, Electra, Oedipus Tyrannus*, Loeb Classical Library 20（Cambridge, Mass.: Harvard University Press, 1994）も参考にした。

・なお、以下の英語韻文訳も適宜参照したが、原文から離れるところが多いため、あくまで参考にとどめた。

・Edward H. Plumptre, trans., *The Tragedies of Sophocles: A New Translation, with a Biographical Essay* (London: Strahan, 1865).

・Sir George Young, trans., *The Dramas of Sophocles Rendered in English Verse, Dramatic & Lyric by Sir George Young* (London: Dent, 1906), reproduced as *Oedipus Rex: Sophocles*, Dover Thrift Editions (New York: Dover Publications, 2014).

・Lewis Campbell, trans., 'Oedipus the King', originally published in *Sophocles: The Seven Plays in English Verse* (1906).

・Francis Storr, trans., *Sophocles: Oedipus the King, Oedipus at Colonus, Antigone*, Loeb Classical Library (Cambridge, Mass.: Harvard University Press, 1912; 1981).

・W. B. Yeats, trans., 'Sophocles' *King Oedipus*: A Version for the Modern Stage' (1928), *The Collected Plays of W. B. Yeats* (London: Macmillan, 1952), pp. 475-575.

・Gilbert Murray, trans., 'Oedipus, King of Thebes', *Fifteen Greek Plays*, with an introduction by Lane Cooper (New York: Oxford University Press, 1943).

・Dudley Fitts and Robert Fitzgerald, trans., *The Oedipus Cycle: An English Version* (New York: Harcourt, 1949).
・David Grene, trans., 'Oedipus the King,' *Sophocles*, The Complete Greek Tragedies, ed. by David Grene and Richard Lattimore (Chicago: The University of Chicago Press, 1954).
・Ian Johnston, trans., *Oedipus the King* (Arlington: Richer Resources Publications, 2007), a revised e-text (2014) [https://records.viu.ca/~johnstoi/sophocles/oedipustheking.htm]
・〔 〕で示した箇所は、原典にない語句を補ったところである。
・本文の下に示した数字は、原典どおりの行数表示である。この劇が全体で一五三〇行から成っていることや、ときに一行を二人で分割するアンティラベーが用いられていること、また、歌の部分には独特の改行が施されていることなどが確認できる。詳しくは「訳者あとがき」を参照のこと。

目次

オイディプス王

〔登場人物

オイディプス　テーバイの王
イオカステ　ライオス前王の妃にして、オイディプス王の妃
クレオン　イオカステの弟
テイレシアス　盲目の預言者
コロス（十五名）テーバイの長老たち
アンティゴネーとイスメーネー（黙役）オイディプスとイオカステの娘たち
神官たち
嘆願者たち
コリントスからの使者
年老いた羊飼い
二人目の使者（オイディプスの館《やかた》の召し使い）
テイレシアスの手を引く少年（黙役）〕

〔場面

ギリシャ、テーバイの王宮前

物語が始まるまでのいきさつ

英雄カドモスによって創られた古代ギリシャの国テーバイは、ラブダコス王家が代々治めてきた由緒ある国である。

異国コリントスの王子だったオイディプスは、この地へ旅をし、「朝は四本足、昼は二本足、夜は三本足。これは何か」という謎をかけてテーバイの住民を苦しめていた怪物スフィンクス（乙女の顔と獅子の体を持つ）の謎を解いてテーバイを解放した。この功績により、オイディプスは、ちょうどそのとき亡くなったテーバイの王ライオスの跡を継ぐ王に迎えられ、先王の妃イオカステを自らの妃とし、男女四人の子をもうけた。国は繁栄したが、やがて疫病と飢饉により、国じゅうに嘆きの声がこだましていた。〕

〔プロロゴス（序）――コロス登場前の場〕

〔場面　オイディプス王の館《やかた》前。祭壇の近くに、人々の群れとともにゼウスの神官が立っている。中央の扉よりオイディプス登場。[1]〕

オイディプス　わが子らよ、カドモスの末裔たちよ。
なぜ嘆願の印《しるし》である小枝を掲げ、[2]
わが門前に跪《ひざまず》いているのだ。
町には濛々《もうもう》たる香が焚かれ、
祈りと嘆きの声がこだまする。
その理由《わけ》を人伝《ひとづて》に聞くのをよしとせず、
自ら確かめるために、こうして

名にし負うオイディプス王が直々《じきじき》に参った。
話せ、老人、そなたは一番年長らしい。
皆を代表して話せ、何を恐れ、何を求めて
集《つど》ったのか。私は喜んで救いの手を差し伸べよう。
かくも跪かれて心動かされぬとあらば、
冷たき石の心の持ち主となじられよう。

神官　われらが王オイディプスよ、ご覧あれ、
老いも若きもあなたの祭壇に集うのを。
まだ羽も生え揃わぬ雛のような者から、
老いて腰の曲がった神官たちまで。
私はゼウスに仕える神官。この若人《わこうど》らは、
選ばれた者たち。ほかの者も嘆願の小枝を手に、

1　こうした卜書はギリシャ語の原文にはない。英訳版に付された卜書を訳者が適宜訳出したものである。

2　撚った羊毛をオリーヴないし月桂樹の枝に巻きつけて嘆願の印とする慣習があった。

広場に、パラス・アテナ[3]の二つの社《やしろ》に、または
イスメノス[4]の神託が下る火のもとに集まっております。
それというのも、ご存じのとおり、この国は、
嵐に翻弄される小舟さながら、荒波に呑まれ、
死の波間に舳先《へさき》をもたげることすらできません。
実を結ぶはずの芽は立ち枯れ、草食《は》む家畜も
倒れ果て、生まれくる子も息絶える。
天はその怒りの鞭を収めることなく、
忌まわしき疫病でわれらを打ちすえ、
ついにカドモスの由緒ある国は廃墟と化し、
暗き死神が呻《うめ》きと涙で支配する有様。
こうしてあなたの祭壇に跪くのは、あなたを神と
崇めるからではなく、人間として、最も頼もしい者と
見込んでのことです。あなたなら人の世の不幸にも、
そしてまた人知を超えた力にも対峙《たいじ》できましょう。

あなたは、このカドモスの国テーバイにやってきて、
残酷なスフィンクスからわれらを解き放って下さった。
しかも、スフィンクスの歌う謎を、われらから
何の助言もないまま、誰に教えられるでもなく、
ただ神のご加護を得て解いたと言われています。
ですから、誰の目にも明らかな栄誉を誇る
偉大なるオイディプス王よ、お願いです、
どうかわれらに救いの手を差し伸べて下さい。
神の御《み》声が聞こえるのか、ただ人の力のみで
なさるのか存じませんが、これまでに苦難を
乗り越えてきた人こそ立派な忠告者となるものです。
さあ、最も優れたお方、お救い下さい、この国を！

3　女神アテナの別名。

4　アポロンの息子と同一視されるイスメノス河の神。この河の畔にアポロンの神殿が建っていた。ここではその神殿を指す。

さあ、名声をお守り下さい。というのも、この国は、
かつてご尽力下さったあなたを救世主と崇めています。
国民を一度立ち上がらせながら結局は倒したなどと、
陰口をきかれたまま記憶されることのないように、
どうかわれらが二度と崩れぬよう、お救い下さい！
かつて幸運の星のもと、あなたはわれらに
繁栄を与えて下さいました。あのときと
同じあなたであることをお示し下さい。
王としてこの国を治めるなら、人の絶え果てた
荒野を治めて何の意味がありましょう。
城壁も船も、人がいなければ役に立ちません。

オイディプス　哀れなわが民よ。そなたらの
苦悩と願い、重々承知している。そなたらも
つらかろうが、私ほどつらい者はおるまい。
誰よりも私こそが苦悩に苛《さいな》まれているのだ。

そなたらの悲しみはそれぞれの胸にあるが、
わが心は、この身と、テーバイと、
そなたらを思って張り裂けんばかりだ。
それに、よいか。そなたらが来たとき、私は
既に安逸な眠りより目覚めていた。夜通し
涙して、この心は思考の迷路を歩んできたのだ。
そして、考え抜いた末の唯一の対策を
もう実行に移してある。わが妃の弟であり、
メノイケウス[5]の息子でもあるクレオンを、デルポイの
太陽神アポロンの神殿へ遣《つか》わし、この国を救うには
どうすればよいか、神託を聞こうというのだ。
それにしても、疾《と》うに帰ってきてよい頃なのに、
今日になっても帰らぬとは、どういうことか、

5　テーバイの王ペンテウスの孫。128〜129ページの系図を参照のこと。

気がかりでならぬ。だが、神託がもたらされれば、
その神の御《み》言葉どおりに事を運ぼう。万一
そうできぬなら、私は悪人にほかならない。

神官　おお、まさに折も折、御覧下さい、あの騒ぎを。
クレオン様が戻られましたぞ。

オイディプス　アポロンよ、どうかその輝かしき
顔《かんばせ》さながら、明るい運命でわれらを祝福したまえ！

神官　どうやら吉報の様子。でなければ、あのように
実もたわわな月桂樹の冠を頭に戴いてはおりますまい。

オイディプス　すぐにわかろう。もうそこに参った。

〔クレオン登場。〕

オイディプス　メノイケウスの子よ、わが妃の弟よ。
アポロンよりいかなる知らせを持ち帰った。

クレオン　吉報です。うまく事が運べば、
苦境を脱し、幸せが訪れることでしょう。
オイディプス　だが、神託には何とあるのだ。
そなたの言葉で一喜一憂はできぬ。
クレオン　これらの者の前で申し上げても
よろしいですか。それとも中へ入りましょうか。
オイディプス　皆に告げ、知らしめよ。ほかならぬ
この者らの苦しみこそが、わが身を苛むのだから。
クレオン　では、神の御《み》言葉をお伝えしましょう。
アポロンは、はっきり命じられた――この地より、
穢《けが》れを追放せよと。その穢れをのさばらせ、
不治の病を蔓延《はびこ》らせてはならぬ、と。
オイディプス　穢れとは何だ。どのように清めれば。
クレオン　追放、ないしは血をもって血を贖《あがな》うのです。
この国に嵐が起きたのは、ある男の血が流されたため。

オイディプス　誰の血が流されたというのだ。

クレオン　かつて、陛下がこの国を立て直す以前、
この国を治めていたのはライオス王でした。

オイディプス　話には聞いている。会ったことはないが。

クレオン　その王が殺されたのです。その犯人を、
それが誰であれ、罰せよと神はお命じです。

オイディプス　だが、犯人はどこにいるのだ。
そんな昔の事件の手がかりがどこにある。

クレオン　犯人はこの国におり、捜せば
見つかるとのこと。捜さねばそれまで。

オイディプス　ライオスが悲惨な目に遭ったのは、
家の中か、野外か、それとも異国の地でか。

クレオン　王はデルポイへ参拝に出かけ、
二度と帰ってこられませんでした。

オイディプス　目撃者はいなかったのか。何かしら

手がかりを伝えてくれるお付きの者は？

クレオン　皆殺されました。命からがら逃げ帰った者が
一人おりましたが、その者が申したのはただ一つ。

オイディプス　それは何だ。些細なことでも、
希望につながる糸口となるかもしれぬ。

クレオン　襲ったのは盗賊どものこと。
犯人は一人ではなく、王は大勢に殺されたのです。

オイディプス　盗賊ごときがそんな大それたことをするとは、
誰かが金を渡し、裏で糸を引いていたのかもしれぬ。

クレオン　そのように噂されました。しかし、王が殺され、
災難に見舞われたさなか、仇《かたき》を討とうとする者はおりませんでした。

オイディプス　王が倒されたというのに、
なぜ真相を究明しようとしなかったのだ。

クレオン　スフィンクスが謎をかけたため、
それどころではなくなってしまったのです。

オイディプス　では、捜査をやり直し、私が真相を暴いてやろう。
さすがは偉大なる神アポロン、そしてそなたも、
今は亡き王のことをよくぞ教えてくれた。
この私は皆と手を携えて、アポロンのために
この国の仇を討とう。王の仇は、私と関係が
ないわけではない。それどころか、大いに
関係がある。なにしろ、王を殺《あや》めた者は、
わが命をも狙って、いつかこの身にも
害をなすかもしれぬからな。ゆえに、
王の仇を討てば、自分を守ることにもなる。
さあ、皆の者、嘆願の枝を手に取って
祭壇の階《きざはし》より立ち上がるがよい。そして誰か、
カドモスの民全員を呼び寄せよ。私が全力を尽くして
徹底的に事に当たると告げるのだ。神のご加護のもと、
喜びの運命を迎えよう。さもなくば破滅だ。

〔オイディプスとクレオン退場。〕

神官　さあ、立つがよい、皆の者。
われらが願いは聞き届けられた。
願わくは、神託を下されたアポロン自ら、
この地に来たりて、禍《わざわい》を取り除かれんことを。

〔神官と嘆願者たち退場。〕

〔パロドス（コロスの入場歌）〕

〔コロス登場。〕

コロス〔第一の正旋舞歌（上手から下手へ回りながら歌う）〕
ゼウスの甘き御《み》声よ、黄金《おうごん》豊かなデルポイより
栄光のテーバイに届いた御《み》言葉の意味は何か。
わが魂は恐怖に震える。叫びに応えよ、
癒しの神アポロンよ、
何をなされようというのか。償いとは、
新たなものか、あるいは古《いにしえ》の再来か。教えたまえ、
黄金の希望の神アポロン、永久《とわ》の御《み》声よ！

コロス〔第一の対旋舞歌（下手から上手へ回りながら歌う）〕
まず呼びかけよう、ゼウスの娘、女神アテナに。
そしてその妹御《いもうとご》、われらが広場に祀らるる、
テーバイの守護神アルテミスに。次に遠くより
光の矢放つ神アポロンに。
どうかお三方、私を死より救いたまえ。

かつてテーバイから禍の炎を払ったように、
今また来たりて助けたまえ！

コロス　〔第二の正旋舞歌〕
耐えがたき悲しみは果てしなく、
国じゅうに蔓延《はびこ》る病を打ち払う武器もなし。
栄《は》えある大地の実りは枯れ、
女たちのお産の叫び空しく、
生まれくる子は皆死産。
一人、また一人と、飛び立つ鳥のすばやさで
黄泉《よみ》の国へ消え去ること、
稲妻のごとし。

コロス　〔第二の対旋舞歌〕
夥《おびただ》しき死のために国は滅び、

無残に打ち捨てられた幼子《おさなご》らの遺体が疫病を広め、
嘆く者さえもういない。
妻や白髪《しらが》の母たちが
あちこちの祭壇にすがりつき、
嘆きつつ捧げるは、癒しの神アポロンへの祈りの歌。
どうか、ゼウスの黄金の娘、女神アテナよ、
救いの御手《みて》を差し伸べよ。

コロス〔第三の正旋舞歌〕
そして荒ぶる破壊の神アレスよ、青銅の盾の代わりに
疫病を以《もっ》て鬨《とき》の声あげ、襲いくるのをやめよ。
直ちに向きを変え、この地を去れ。
順風に運ばれて、海の女神
アンフィトリテの住む海底へ
去れ。あるいは港などない

トラキアの荒海へ去れ。
破壊が夜のうちに終わらずとも
朝にはすべて壊されよう。
ああ、稲妻の力をふるう
父なる神ゼウスよ、
どうかその雷《いかずち》もて破壊の神を倒したまえ。

コロス〔第三の対旋舞歌〕
光り輝くアポロンよ、引き絞りたる黄金の弓より
放ち射かける無敵の矢で、敵の面《おもて》を貫いて、
どうか私を守りたまえ。
狩猟の女神アルテミスよ、
リュキアの山を照らし出す
その手に掲げる松明《たいまつ》もて、
われらが敵を焼き払え。

最後に、テーバイの守り神、
その長い髪を黄金《こがね》で束ね、
狂える信女従えて歓声あげる、
酒の神バッコスよ、
燃え盛る松明もて、破壊の神を打ち倒せ。

〔第一エペイソディオン（第一場）〕

〔オイディプス登場。〕

オイディプス　祈っているな。その願いに応えてやろう、
わが言葉に忠実に従い、自ら病を癒す気があるのなら。
こう申す私は、これまでこの殺人事件のことを
何一つ知らなかった。手がかりがなければ、
私一人では真実を明らかにできぬ。だが、
私がこの地に来たのが事件後だったとはいえ、
こうしてテーバイの人間となった者として、
カドモスの民全員にこう告げ知らしめよう。

ラブダコスの子ライオス殺しの犯人について、
何かしら知る者あらば、詳《つまび》らかに語るべしと。
もし犯人自身が恐怖に怯えているなら、
自首して出て、その恐怖を取り除くがよい。
国外退去以外の罰は与えぬと約束しよう。
あるいはまた、犯人が異国より来た
よそ者だと知っている者がいるなら、
どうか名乗り出てほしい。感謝とともに
ふんだんに褒美をとらせよう。
だが、隠しだてをし、自分や友を
かばって、言うべきことを言わぬなら、
どのような処分を下すか、聴くがよい。
私が王として君臨するこの国において、
この殺人者を、それが誰であれ、家に
匿ってはならぬ。言葉を交わしてもならぬ。

共に祈ることも、共に生贄《いけにえ》を捧げることも、
その者に浄《きよ》めの水を与えることも禁じる。
誰の家の敷居も跨《また》がせてはならぬ。
アポロンの神託により今、邪悪の根源と
わかったこの男を皆こぞってつまみ出せ。
こうして皆の前に立つ私は、神の使い、
そなたらの亡き国王の仇を討つ者だ。
殺人の罪を犯した者には、そいつが
一人で隠れていようと、仲間といようと、
この呪いをくれてやる。そんなやつは
希望を失い、惨《みじ》めに死ぬがよいのだ。
そして私は、天に祈ろう。万一、私が、
そうと知りつつ犯人をわが家へ入れたなら、
今の呪いはすべてこの身に降りかかれと。
今言ったことを実現するよう、皆に命じる。

わがため、神のため、天に見放されたこの国のために。
そもそも、神に促されるまでもなく、
そなたらの偉大な王が倒れたとき、
事件を放置しておいてはならなかった。
いや、究明すべきだったのだ。今私は、
かの人の権力を受け継ぎ、その臥床《ふしど》を得、
その種を腹に受けた妃をわがものとした。
先王が子宝に恵まれていれば、同じ母から
生まれた子同士が、われらの絆となっていたはず。
だが、時ならぬ運により王は倒された。ゆえに私は、
縁の深い先王を実の父とも思って全力を尽くし、
ラブダコスの息子を殺した犯人を捕まえよう。
ラブダコスの父ポリュドロス、その父カドモス、
さらに遠くアゲノールまで遡る貴き血筋を
途絶えさせた男を捕まえてみせよう。

この命令に背く者には――私は祈る、
天罰よ下れと。その者の畑は実らず、
子は生まれず、今の、いやそれ以上の
ひどい苦痛に責め苛まれるがよい。
だが、わが言葉に従う忠実なカドモスの民には、
正義の神ディケーが味方し、すべての神々が
永久《とわ》に祝福を与えて下さろう。
コロス　今のお言葉に応じて私も誓って申しましょう。
私は犯人でもなければ、犯人が誰かも存じません。
犯人が誰かを告げることができるのは、
神託を下されたアポロンだけでしょう。
オイディプス　なるほどもっともだ。だが、
人間の身で神を尋問するわけにはゆかぬ。
コロス　でなければ、第二の策がございます。
オイディプス　第三もあれば、それも申せ。

コロス　アポロンと同じようにものを見る力のある、
立派な預言者がおります。テイレシアス様です。
あの方ならわれらの手引きとなってくれましょう。
オイディプス　それならばもう手配済みだ。
クレオンの進言により、二度も迎えの使いを出した。
なぜやってこぬかと、いぶかっているところだ。
コロス　預言者以外の手がかりとしてあるのは、つまらぬ噂ばかり。
オイディプス　どんな噂だ。些細なことでも等閑《なおざり》にはせぬぞ。
コロス　王を殺したのは、通りがかりの旅人たちとか。
オイディプス　それは聞いている。だが、見た者はいない。
コロス　恐れる心をもつ者なら、先程の王様の
恐ろしい呪いを聞いて、じっとしてはいられますまい。
オイディプス　殺しをする者が、言葉など恐れるものか。
コロス　その正体を暴く者がおります。そこに、
手を引かれて参ったのが、その聖なる預言者。

人間の中でただ一人、真理を見抜くお方。

〔テイレシアスが少年に手を引かれて登場。〕

オイディプス　テイレシアスよ、万物を理解し、
言い表し得《う》ることも得《え》ないこともすべて
見抜ける男よ。その目は見えずとも、
テーバイを襲う苦難は知っておろう。
この国を救えるのは、そなたしかおらぬ。
使いの者から聞き及んでおろうが、
アポロンにお伺いをたてたところ、
ライオス王を殺した者を捕らえ、
処刑ないし追放せぬかぎりは、
この禍は消えぬとのお告げがあった。
それゆえ、テイレシアスよ、鳥に尋ねようが、

何の占いをしようがかまわぬ、どうか
テーバイを、そなた自身を、そして
私を救い、血の穢れを浄めてくれ。
そなたが頼りなのだ。善行を為すのに
全力を尽くすことほど立派なことはあるまい。

テイレシアス　ああ、知っても詮《せん》なきことを知っていることほど
恐ろしいことはない！　わかっていたはずなのに。
魔がさしたのだな、ここに来てしまうとは。

オイディプス　どうした、そんな暗い顔をして。

テイレシアス　家へ帰らせて頂きたい。それを許して頂ければ、
少しは不運に耐えられよう、そなたも私も。

オイディプス　何を言う。知っていることを言わずに、
自分を育《はぐく》んだ祖国を裏切るつもりか。

テイレシアス　そなたの言葉がそなたを裏切るのだ。
それを他山の石として私は口を閉ざそう。

オイディプス　知っているなら、帰ってくれるな。
ここにいる皆一同が跪いてお願いする。
テイレシアス　皆、事の次第がわかっておらぬからだ。
この不幸は語るまい。そなたの不幸と敢えて言わぬが。
オイディプス　何だと。知っているのに話さず、
われらを裏切り、国を破滅させようというのか。
テイレシアス　この身もそなたも苦しめたくはない。
強いても無駄だ。私から聞き出すことはできぬ。
オイディプス　なんと見下げた男だ。心持たぬ石でも
おまえの非道さには憤《いきどお》ろう。どうあっても、
無情に冷たく、頑《かたく》なに沈黙を守ろうと言うのか。
テイレシアス　そなたは私の気性を責めるが、
ご自身の内なるものを知らぬ。私を責めるのは筋違いだ。
オイディプス　そのようにこの国を蔑《ないがし》ろにする言葉を聞いて、
誰が怒りを覚えずにいられようか。

テイレシアス　私が黙しても、やがて時が明らかにしよう。
オイディプス　何が明らかになるのか、王に告げよ。
テイレシアス　これ以上は、語らぬ。
怒りたければ、好きなだけ怒り狂えばよかろう。
オイディプス　よし、怒りに任せ、わが思いを告げてやる。
おまえがこの事件の首謀者であることは明らかだ。
そうとも、直接手は下さずとも、おまえこそ
黒幕にちがいない。その目が見えていたら、
おまえが独りで王を殺したと決めつけたところだ。
テイレシアス　何だと。そなたこそ自ら発した命令に
自ら服従するがいい。そなたは今後一切、
テーバイの民にも私にも言葉をかけてはならぬ。
この国の穢れとは、そなた自身なのだから。
オイディプス　なんと恥知らずな！　どういうつもりだ。
そんなことをほざくと、その報いを受けるぞ。

テイレシアス　私に害は及ばぬ。真実に力あり。[6]

オイディプス　誰から聞いた。占いで知ったとは言わせぬぞ。

テイレシアス　そなただ。そなたが私を唆《そそのか》して言わせたのだ。

オイディプス　どういうことだ。もう一度はっきりと言え。

テイレシアス　わからぬのか。それとも私を試しているのか。

オイディプス　とてもわかったとは言えぬ。もう一度言ってみろ。

テイレシアス　そなたが捜す犯人は、そなた自身だと言っている。

オイディプス　二度までも不埒《ふらち》なことを！　思い知らせてやる。

テイレシアス　もっと言って、もっと怒らせてやろうか。

オイディプス　勝手にほざいていろ。くだらんたわごとだ。

テイレシアス　そなたは、それと知らずに近親と交わり、
　己がおぞましい暗黒の淵にいることを知らぬのだ。

オイディプス　そんなことを言ってただで済むと思うのか。

6　ここより三六五行まで一行対話（stichomythia スティコミューティアー）が続く。

テイレシアス　もちろんだ、真実に力があるのなら。
オイディプス　真実に力あれど、おまえとは無縁だ。おまえは、
目が見えないのみならず、耳も頭もおかしいからな。
テイレシアス　そのような罵りの言葉を、哀れな男よ、
やがてあらゆる人々がそなたに浴びせることになる。
オイディプス　永劫の暗闇にいるおまえが、私にせよ、
誰にせよ、光の中にいる者を傷つけられはしないのだ。
テイレシアス　そなたの破滅をもたらすのは私ではない。
これを明るみに出そうとなさった神アポロンのなせる業《わざ》だ。
オイディプス　これはクレオンの陰謀か。おまえのか。
テイレシアス　クレオンは無関係だ。汝《なんじ》が敵は汝のみ。
オイディプス　ああ、富よ、権力よ、名声よ、
人々が羨むその高みにはなんという妬みが
つきまとうことか！　求めもせぬこの私に、
この国が贈り物として与えてくれた王位を

わが信頼の厚いクレオンが奪おうとするとは！
わが旧友ともあろうものが、こそこそと
陰謀を巡らせて、私を蹴落とそうとして、
この魔法使い、この策士を雇ったのだな。
このいかさま師、儲け話には目先がきくが、
真実を見通すことなどできやしない！
おい、おまえに預言の力があるなどとなぜ言える。
スフィンクスの謎がこの地を支配したとき、
なぜおまえは、その謎を解いて民を解放しなかった。
あの謎を解くには、常人の知恵ではなく、
まさに預言の力が必要だったのに。
おまえの占いもお告げもないところへ、この私が、
何も知らぬ旅の男がやってきて謎を解いたのだ――
占いによらず、自らの知恵によって。
なのにおまえは、その私を追い出して、

クレオンの玉座近くに侍《はべ》ろうとの魂胆。
「穢れを取り除く」と称して私を追放しようとは！
おまえも、この筋書きを書いた者も後悔させてやる。
おまえが年寄りでなければ、その企みの非を
その身に思い知らせてやったものを。

コロス　あなた様もこの者も、怒りに任せて
お話しになっていて、埒があきません。
私どもに必要なのは、そのような言い争いではなく、
どうすればアポロンのご命令を果たせるかということです。

テイレシアス　そなたは王だが、私にも
同じように発言する権利はある。言葉こそわが力。
私を支配するのは神であり、そなたではない。
また、クレオンに庇護を求めもしない。よいか、
そなたはわが目が見えぬを嘲《あざけ》るが、そなたは
目が見えながら、自らの苦境が見えていない。

己がどこで、誰と暮らしているのか知らぬのだ。
自分が誰から生まれたか、それも知ってはいまい。
そなたは知らずして、冥界の祖先、現世の親族の
敵《かたき》となっている。やがて父母の呪いを受けて、
この国から蹴り出されるであろう。そのとき、
今は見えるその目も暗闇しか見えなくなろう。
そして、その栄光の船旅の末に安らぎの港と思って
この館に入り、結んだ婚礼の恐ろしさに気づいたとき、
そなたの悲鳴は世界の隅々まで響き渡り、
キタイロンの尾根という尾根にこだまするだろう。
さらにおまえの気づいておらぬ不幸がある。
それによって、そなたは、そなたの子らと
同じになるのだ。[7] それゆえクレオンや私に
怒りをぶちまけてもかまわぬ。そなたほど
邪悪な運命に無残に押し潰される者はないのだから。

オイディプス　こんなやつからこのような暴言を吐かれて
黙っておれるものか。消えろ！　くたばれ！
今すぐここから立ち去れ！　とっとと行け！
テイレシアス　呼ばれなければ、来《き》やしなかった。
オイディプス　こんな愚かしいことを言うと
わかっていたら、呼びはしなかった。
テイレシアス　そなたには愚かに思えようが、
そなたを産んだ両親は、私を賢者と見て下さった。
オイディプス　私を産んだ両親？　待て……誰の話をしている？
テイレシアス　その出生の謎が明かされる今日こそ破滅の日。
オイディプス　思わせぶりに、何が謎だ！
テイレシアス　おや、謎解きはお得意なはずでは？
オイディプス　わが偉大な業績を馬鹿にするのか。
テイレシアス　高みにのぼったがゆえに転落する。
オイディプス　私は国を救いたいのだ。自分のことに興味はない。

テイレシアス　それならば、お暇《いとま》しよう。小僧、案内せい。
オイディプス　行くがいい。ここにいられては迷惑だ。
いなくなってくれたら、こっちもせいせいする。
テイレシアス　行く前に、呼ばれた用事は果たしておこう。
そなたの怒りを恐れて口を閉ざす理由はないからな。
そなたに私は殺せない。だから教えてやろう――
そなたが脅し文句を並べて捜している、
ライオス王殺しの張本人。そいつは今ここにいる。
異邦人とされるが、実はテーバイの生まれ。だが、
生まれがわかっても、その男には喜びとはならぬ。
今は目が見えるが、盲人であり、
今は豊かだが、乞食であり、

7　ジェップ、キャンベル、カマービークの解釈による。ドウは「そなたとそなたの子らに等しく降りかかる不幸」と解する。

異国の地にて杖で道を探《さぐ》り歩く者。
子らにとって、父にして兄弟。
産んだ母にとって、息子にして夫。
父を殺し、父の女を孕《はら》ませた男。
さあ、中へ入り、この謎を解くがよい。
そして、もしこの言葉に偽りあらば、
わが預言に意味なしと言うがよい。

〔テイレシアスは手を引かれて退場し、オイディプスは館に入る。〕

〔第一スタシモン（コロスの群唱舞踏）〕

コロス　〔第一の正旋舞歌〕
デルポイの岩が告げる邪悪なる者とは誰。

血塗《ちまみ》れの手でおぞましき所業をなしたるは誰。
その者には今や、
駿馬《しゅんめ》よりも速い
逃げ足が要る。
追うはアポロン、ゼウスの子、
燃える雷《いかずち》握りしめ、逃がしてなるかと飛びかかる。
あとから迫るは必殺の
恐ろしき復讐の女神たち。

コロス 〔第一の対旋舞歌〕
雪を頂くパルナッソスの高き峰より届きし神託、
正体わからぬ犯人を捕まえよとの命令。
その者は、森の奥や
岩の陰、洞穴に潜み、
牛のように猛々しく、

独り惨《みじ》めに彷徨《さまよ》いおろう。
神託下す大地の臍《ほぞ》デルポイより逃れんとすれども、
神託は永久《とわ》に消えず、
つきまといて離れず。

コロス〔第二の正旋舞歌〕

聖なる預言がこの胸を掻き乱してやまず。
その言葉信じがたけれど、否定もできぬ。
この胸に羽ばたこうとするのは当てもなき希望のみ、
過去も未来もわからずじまい。
ラブダコス王家とポリュボス[8]の子とが仲違いしたことなどかつてなく、
歴代の王家ラブダコス家を断絶させた謎の犯人が、
われらの名高きオイディプス王であるなど
思いもよらぬ。

コロス〔第二の対旋舞歌〕

ゼウスとアポロンは賢くも、人の心をご存じだ。
一方、どんなに優れた預言者であろうと、人は人。 五〇〇
たとえその者が他より抜きん出た知恵を持とうと、
人の言葉は当てにはならぬ。
お告げの真偽が確かめられるまで、オイディプス王を責められぬ。
怪物スフィンクスが襲ってきたとき、王は賢者として、
テーバイを救って下さったのだ。王が犯人とは
決して思えぬ。 五一二

---

8 オイディプス王はコリントス王ポリュボスの子と、コロスは理解している。七七四行参照のこと。

〔第二エペイソディオン（第二場）〕

〔クレオン登場。〕

クレオン　友よ、今しがた、オイディプス王が
聞くに堪えぬ恐ろしい言葉でこの私を
糾弾していると聞きつけ、憤って馳せ参じた。
この国家存亡の危機にあって
私の言葉ないし何らかの行為が
王に危害を加えたという。そんな誹《そし》りを
受けてまでこの命を長らえようとは思わぬ。
この国じゅうで悪党と呼ばれ、

そなたらや友から裏切り者と
見なされるなら、ゆゆしき事態だ。
コロス　ついかっとなって仰ったのでしょう。
深慮の末のお言葉とは思われません。
クレオン　テイレシアスが私に唆されて、
嘘の預言を言ったなどと仰ったとか。
コロス　そうですが、どういう意味かわかりません。
クレオン　私を糾弾なさったとき、そのお心に
乱れはなかったか。本気でそう仰ったのか。
コロス　わかりません。権力者のすることは不可解ですから。
ですが、ご本人がお邸《やしき》からいらっしゃいました。

〔オイディプス登場。〕

オイディプス　よくもここに来られたものだな。

どの面《つら》下げて、わが館へ参ったのだ。
わが命を狙い、この国を盗もうとした、
その魂胆は、もうばれているというのに。
神かけて答えろ、こんなことを企てるとは、
この私が腑抜けか、うつけとでも思ったのか。
うまくやれば気づかれないとでも、あるいは
気づかれても、ごまかせるとでも思ったのか。
味方もおらず、武力もないくせに、
力と富を必要とする権力を求めようとは、
まったくもって愚かな企てではないか。

クレオン　どうかお聞きを。私の言い分も
　きちんと聞いて、そのうえでご判断下さい。

オイディプス　おまえは口がうまいが、その言い分を
　理解する頭はこちらにはないぞ、わが敵とわかった以上は。

クレオン　まさにそこなのです、聞いて頂きたいのは。

オイディプス　まさにそこだ、裏切っていないなどと言うなよ。
クレオン　そのように頑なに思い込むだけで、
　理性を締め出しては、賢いとは言えません。
オイディプス　そのように親族に危害を加えて
　ただで済むと思うなら、賢いとは言えない。
クレオン　それはその通りです。ですが、
　私がいったい何をしたのか教えてください。
オイディプス　あの偉そうな預言者を呼ぶように
　最初に勧めたのはおまえではなかったか。
クレオン　その忠告に誤りがあったとは思えません。
オイディプス　いつのことなのだ、ライオス王が——
クレオン　ライオス王が何です。
オイディプス　悲惨にも倒されたのは？
クレオン　今からずいぶん昔のことです。
オイディプス　そのときあの預言者は預言をしていたのか。

クレオン　今と同じく、賢者と称えられていました。
オイディプス　そのときやつは私のことを口にしたか。
クレオン　私の知るかぎりでは、していません。
オイディプス　殺人事件の捜査はしたのだろうな。
クレオン　もちろんしましたが、何もわかりませんでした。
オイディプス　なぜそのとき預言者はこのことを黙っていたのだ。
クレオン　わかりません。わからぬことは申せません。
オイディプス　わかっているはずだ。ごまかすな。
クレオン　何をです。わかっていることがあれば申します。
オイディプス　ライオス王を殺したのは私だなどと、
　あの男が言うはずがないのだ、おまえが唆さぬかぎり。
クレオン　テイレシアスがそう言うなら、あなたこそ
　何かご存じなのでは。今度は私があなたに訊く番です。
オイディプス　訊くがよい。やましいことは何もない。
クレオン　あなたは私の姉を妃となさいましたね。

オイディプス　それは否定するまでもない。
クレオン　そして王国を共に統治しておられますね。
オイディプス　妃の望みはすべてかなえている。
クレオン　この私も同じではありませんか。
オイディプス　それなのに裏切った。
クレオン　そうではありません。私と一緒に
　筋道立ててお考え下されば、おわかりになることです。
まず、王位に就かずとも権勢をふるえるときに、
安眠を捨て、不安に苛まれる王位に就きたいと
願う者がいるでしょうか。王の名を得るよりは、
王と同じ権力を手にするほうがよいと私は思います。
誰でも知恵のある者なら、そう思うでしょう。
そして今の私は、不安に苛まれることなく、
あなたのおかげで望みをかなえられる立場にある。
そんな私が王になりたいと思うでしょうか。

苦労せずに何もかも望みどおりになるというのに。
実質よりも名誉がほしいなどと愚かなことを
思う私ではありません。ありとあらゆる人が
私に敬意を払い、温かく接してくれます。
王に願いのある者は皆、私を頼ります。
私の一存でその人たちの運命が左右されるからです。
それほどの権勢を誇りながら、なぜこの私が
王位を求めたりするでしょうか。分別があれば、
罪は犯さぬもの。私は悪党に生まれついておりません。
悪行に手を染める者とは袂《たもと》を分かちます。
証拠をお望みなら、私がお伝えしたものが、
真実、デルポイの神託そのままかをお確かめ下さい。
私があの預言者と結託して陰謀を企んだとわかったら、
私を処刑して下さい。私自身が、その処刑の判決に、
あなたとともに一票を投じましょう。しかし

どうか、あらぬ疑いを私にかけるのは
おやめ下さい。善人を不当に悪とするのは、
悪人を善とするのと同様、間違っています。
真の友を斬り捨てようとするのは、
その身から最も大切な命を斬り捨てるようなもの。
だが、それも時が明らかにしてくれるでしょう。
正しさがわかるには時間がかかります。
裏切り者は一日でわかっても。

コロス　賢明なるお言葉。躓《つまず》くまいと思う者は、
聴くべきです。性急な判断は誤りのもと。

オイディプス　陰謀が迅速に巡らされるとき、
こちらもすばやく対応せねばならぬ。
ぐずぐずすれば、してやられる。
一手しくじれば、この身が危うい。

クレオン　ではどうなさる。私を追放なさるか。

オイディプス　死刑だ。追放では足らぬ。人を妬めば、
　どのような報いを受けるか、見せしめにしてやる。[9]
クレオン　では、どうあっても私をお信じにならぬのか。
〔オイディプス　どうあってもその罪を認めぬのか。〕
クレオン　われを忘れておられる。
オイディプス　わが身を思ってのことだ。
クレオン　私のことも考えて下さい。
オイディプス　おまえは悪党だ。
クレオン　その判断が間違っていたら？
オイディプス　それでも国を治めていく。
クレオン　悪政を敷くつもりか。
オイディプス　おお、聞いたか、テーバイよ！
クレオン　テーバイはわが国でもある。あなた一人のものではない。
コロス　おやめ下さい、お二人とも。ちょうどそこへ
　イオカステ様がお邸から出ていらっしゃった。

あいだに立って頂いて、諍《いさか》いをお止め頂こう。

〔イオカステ登場。〕

イオカステ　まあ、国が乱れ、民が苦しんでいるというのに、
何を怒鳴り合っているのです。恥ずかしいとは
思わないのですか。中へお入り下さい。
おまえもです、クレオン。些細なことを
大げさに騒ぐものではありません。

クレオン　姉上、あなたの夫オイディプスは、
この私を祖国から追放するか死刑にするかの
どちらかしかないと恐ろしいことを言うのです。

9　六二四行は原文ではクレオンの台詞となっていたが、これをオイディプスの台詞と解釈するジェップ、キャンベルに従う。六二五行の直後に一行の脱落が推定される。

オイディプス　そうだ、わが妃よ、こやつは
不埒な策謀を巡らし、わが命を狙ったからだ。
クレオン　もし私がそんなことをしたなら、
この身に呪いがかかり、朽ち果ててもかまわない。
イオカステ　どうか、オイディプス、この人を信じて。
この人は誓っています。それに、私のこと、そして
あなたにお仕えする皆のこともお考えになって。

〔第一コンモス（嘆きの歌）〕

コロス　どうか、私どもの願いにお心をお開き下さい。　〔第一の正旋舞歌〕
オイディプス　どのようにしてほしいと言うのだ。　六五二
コロス　これまで賢明だった方の誓いをご尊重下さい。
オイディプス　何を求めているかわかっているのか。
コロス　　はい。

オイディプス　では申せ。

コロス　罪あらば自らに呪いがかかれとまで誓うこの方の名誉を、
不確かな決めつけをして傷つけてはなりません。

オイディプス　となると、私がテーバイから追放されるか、
処刑されることになるのだぞ。それを承知で言っているのか。

〔第二の正旋舞歌〕

コロス　いえ、神々の中の主《ぬし》たるアポロンにかけて、
そのようなことを私が望んでいるとしたら、
私は呪われて疎《うと》まれて死んでしまいたい！
だが、この国を苦しめる不幸を思うと
あまりにつらく、お二人の諍いによって
苦しみがさらに増すと思うと耐えがたいのです。

オイディプス　ならば、こいつを自由放免にするがいい。
たとえこの命を失い、この身が追放されることになっても。

こいつではなく皆を哀れに思うからそう言うのだ。
こいつは、どこにいようと、わが憎しみをかきたてる。

クレオン　折れるときでさえ、激しい怒りを
抑えないのですね。そのようなご気性では
誰よりもご自身がきつかろうに。

オイディプス　とっとと出ていかぬか。

クレオン　行きます。
あなたに誤解されようと、私の無実はこの者たちが知っている。

〔クレオン退場。〕

〔第一の対旋舞歌〕　六八〇

コロス　お妃様、さあ、王様を中へお連れ下さい。

イオカステ　その前に何があったのか教えて頂戴。

コロス　根拠のない言いがかりから、不当に相手を傷つけたのです。

イオカステ　お互いに？

コロス　　さようです。

イオカステ　　どんなことを言ったのです。

コロス　この国は既に苦しみで溢れています。
口論は終わったのですから、蒸し返すには及ばないでしょう。

オイディプス　よかれと思ってそう言うのであろうが、
この国を救おうとするわが熱意に水を差すつもりか。

〔第二の対旋舞歌〕

コロス　陛下、もう何度も述べたことですが、
かりにも陛下に叛《そむ》くようなことがあったら、
正気も分別も失くした愚か者とお考え下さい。
陛下は、怒濤の苦難にあったこの国を救って
順風の航路につけて下さったお方。
どうか今一度、祖国をお救い下さい。

〔コンモス終了〕

イオカステ　どうか、後生ですからあなた、なぜそれほど

お怒りになったのか、そのわけをお話し下さいませ。
オイディプス　話そう、この者たちよりそなたのことを
大事に思うがゆえに。クレオンが私をはめようとしたのだ。
イオカステ　それはまた、どういうことですか。
オイディプス　私がライオス殺しの犯人だと言うのだ。
イオカステ　知っていると？　それともそう聞いたと？
オイディプス　悪党の預言者をよこして
そう言わせたのだ。自分の口を汚さずに。
イオカステ　それならば、まずはともかく、
どうか私の話をお聞き下さい。預言など、
人間の身でできるものではないという
何よりの証拠を手短にお話し致しましょう。
昔、ライオス王に神託が下されたことがありました。
アポロン直々のものでなく、そのお社《やしろ》に仕える方々から
伝えられたもので、王様は私とのあいだに生まれる

息子によって殺される運命にあるというものでした。
ところが、噂では、王様は三つの道が一つになる場所で、
異国の盗賊どもに殺されたと言われています。
それに、生まれた子供は、三日と経たぬうちに、
王様が両足を縛り、[10] 人里離れた山奥へ
人に命じて、捨てさせてしまいました。
ですから、その子が父親を殺すようなことも、
ライオス王が息子の手で命を落とすようなことも
なかったのです。預言などというものは所詮、
その程度のもの。どうかお気になさいますな。
明らかにすべきことがあれば、神様は、
必ずやはっきりお示しになりましょう。

オイディプス　今の話を聞いてこの胸はざわつく。

10　イオカステが曖昧な表現をしたため、オイディプスはその意味に気づかない。

ああ、イオカステ、この心が掻き乱される。
イオカステ　そんなことを仰って、どうなさったのです。
オイディプス　今確かそなたは言ったな、ライオス王は
三つの道が一つになる場所で殺されたと。
イオカステ　今でもそのように言い伝えられております。
オイディプス　その不幸な殺害の現場はどこだ。
イオカステ　ポキスと呼ばれる土地にあるスキステ街道です。
デルポイからの道とダウリスからの道が重なるところ。
オイディプス　事件が起きたのは、何年前だ。
イオカステ　この知らせがデルポイの町に伝えられたのは、
あなたが王となられる少し前のことでした。
オイディプス　ああ、ゼウスよ。この私をどうなさろうというのか。
イオカステ　いったい何をお考えになっているのです。
オイディプス　まだ訊くな。それよりも、ライオス王は
どのような風貌だったか教えてくれ。そして年の頃は？

イオカステ　背は高く、白髪がちらほら交じっていましたが、
　風貌はあなたとあまり変わりませんでした。
オイディプス　ああ！　どうやら私は、そうとは知らず、
　この身に恐ろしい呪いをかけてしまったらしい。
イオカステ　何ですって。怖いことを仰らないで。
オイディプス　あの預言者にはお見通しだったのだ。
　もうひとつ教えてくれれば、それがはっきりしよう。
イオカステ　怖いけれど、何でもお答えします。
オイディプス　王の供回りは少なかったか。それとも
　王にふさわしく、多くの護衛を連れていたか。
イオカステ　全部で五人。うち一人は先払い役で、
　ライオス王を乗せた馬車が一台ありました。
オイディプス　ああ、何もかもはっきりした！
　その話をそなたに伝えたのは誰だ。
イオカステ　独りだけ生きて帰った召し使いです。

オイディプス　その者は今この館にいるか。
イオカステ　いいえ。その者は、そののち、あなたが
亡くなったライオス王の代わりに、
権力の座に就いたとわかると、私の手にすがって、
どうかこの町からできるだけ遠くに行けるように、
田舎で羊飼いをさせてくれと頼んだのです。
これまでよく仕えてくれましたから、
そのささやかな望みをかなえてやりました。
オイディプス　すぐに呼び寄せられるか。
イオカステ　できましょう。でも、どうして？
オイディプス　とにかく会ってみたいのだ。
これ以上余計なことをこの口が漏らす前に。
イオカステ　では呼び寄せましょう。ですが、陛下、
何を心配なさっているのか、私には教えて下さいませ。
オイディプス　これほど懸念が大きくなった以上、

教えぬわけにはゆくまい。それに、このような仕儀[11]に至って
ほかの誰に話せよう。おまえより大切な人はいないのだから。
わが父は、コリントスの王ポリュボス。そして、
母メロペはドリス出身で、私は両親にその国の
王子として育てられた。だが、ある日のこと、
思いがけぬことが起こり、大したことでは
なかったのだが、この心は不安に搔き乱された。
ある宴会で酒に酔った男が、私のことを
本当は王の子ではないと罵ったのだ。
私は度を失い、その日は何とか自分を抑えたが、
翌朝、両親のもとへ行って問い質した。
両親はそんなことを言った男にひどく腹を立て、
それを見た私も一応落ち着きはしたものの、

11 テュケーの訳。この劇の重要なテーマの一つであり、「運」「成り行き」などと訳せる。

どうにも気になって仕方がなかった。
それが大きな噂となって広まったためだ。
私は両親に内緒でデルポイの神託を伺いに行った。
アポロンは私が知りたいことには答えず、
代わりに、ほかのことを告げた。それは、
悲しみと恐怖と不幸に満ちた神託だった。
すなわち、私は母親と交わって、
人が目をそむけるような子らを生み、
実の父親を殺すだろうというのだ。
これを聞くと私は、この恥ずべき神託が
成就することのないように、父母のいる
コリントスの地を脱し、星のみを頼りにして、
どこか知らない場所を目指して旅を続けた。
そうして、そなたが今話してくれた、
王が殺害されたその場所へやってきたのだ。

さあ妃よ、事の真相を教えよう。
その三つの道が一つになる街道へさしかかったとき、
私は、そなたが言った先払い役一人と
馬車に乗った老人一人と出会った。
先払い役とその老人自身が無理やり
私をどかそうとしたため、こちらはかっとなって、
私を押しのけようとした御者を殴りつけた。
老人はそれを見ると、私が馬車の横を
通り過ぎるまで待って、先が二つに分かれた
突き棒で、私の頭をしたたかに打った。
だが、私は直ちに反撃し、
右手に持っていた杖で即座に打ち返すと、
老人はもんどり打って馬車から転げ落ちた。
そして、私は一人残らずぶち殺してしまった。
しかし、その異国の老人がライオス王と

血のつながりがあるとしたら、そなたの前にいる
この私ほどみじめな人間がいるだろうか。
この私ほど神々の憎しみを受けた者がいるか。
テーバイの民のみならず、異邦人とて受け容れては
ならぬ。誰も話しかけてはならぬ。家々から叩き出せ。
そうした呪いをこの身に浴びせたのは、誰あろう、
ほかならぬこの私自身なのだ！　なにしろ私は、
この手で殺した男の妃を妻としている。
なんという穢れだ。あまりにもおぞましい。
私はテーバイを去らねばならぬ。しかも、二度と
祖国の土を踏むこともできぬ。帰国しようものなら、
母と結ばれ、私を生み育ててくれた父ポリュボスを
殺害するという恐ろしい運命が待っている。
ああ、どこかの残酷な神が、わが魂を
責め苛んでいるとしか思えない。聖なる神々よ、

決して、決して、そんなことになりませんよう。
そんな忌まわしい、おぞましい罪が
この名を穢すようなことになる前に
私をこの世から消し去りたまえ。

コロス　確かに恐ろしい話ですが、その場に居合わせた
男の証言を聞くまでは、どうぞ希望をお持ち下さい。

オイディプス　今はただ、その希望にすがるしかない。
その羊飼いがやってくるのを待とう。

イオカステ　その人が来たら、どうなさろうというのです。

オイディプス　説明しよう。そいつの話がそなたの話と
同じであれば、私はこの禍から逃れられるのだ。

イオカステ　私の話のどこが気になりましたか。

オイディプス　そなたは言ったな、王を殺したのは
盗賊どもだったとその羊飼いは告げたと。もしそいつが、
前と同様、犯人は複数だったと言うなら、王を殺したのは

私ではない。一人と複数では、話が違うからな。
だが、もし犯人は一人の旅人だったと言うなら、
疑いなく、罪を犯したのは私ということになる。

イオカステ　でも、あの男の話が申し上げたとおりであることは
間違いございません。私のみならず、町じゅうの者が
そう聞いたのですから、今さら違うとは言えないでしょう。
それに、かりに前言を翻したとしても、
アポロンのお告げどおりにライオス王が殺された
ということにはなりません。お告げには、
息子の手にかかって死ぬと、はっきりありました。
ところが、私の可哀想な息子は、王よりも前に
死んだのですから、王を殺せはしないのです。
ですから、これからは預言を気にして
あれこれ考えたりなど、私でしたら致しません。

オイディプス　その考えはもっともだ。しかしながら、

人をやってその男を連れてきてくれ。きっとだぞ。

イオカステ　すぐに呼びにやりましょう。ですが、
もう中へお入り下さい。万事仰せのままに致しますから。

〔オイディプスとイオカステ退場。〕

〔第二スタシモン（コロスの群唱舞踏）〕

コロス　〔第一の正旋舞歌〕
何を言い、何をするにしても、
清廉潔白な人物と褒められたいもの、
天の神々の定めたもうた
掟に忠実に従って。
掟の父は、オリュンポスの神々。

掟を作りしは、
死すべき人の子にあらず、
掟は忘却の彼方に追いやられることなし。
掟ゆえに神は永遠《とわ》に偉大なり。

コロス〔第一の対旋舞歌〕

傲慢は暴君を生む。
傲慢は、それにそぐわぬ富を得ると、
とめどなく膨れ上がって
収拾がつかなくなり、
やがては真っ逆さまに奈落へ
落ちていく。
だが神よ、どうか
この国のために闘う者をくじきたもうな。
アポロンこそわが護《まも》り神。

コロス 〔第二の正旋舞歌〕

だが、もし誰か傲慢な言動をし、正義の女神ディケーを
畏れもせず、社に祀られる
神々の像を崇めぬ者あらば、
その者は報いを受けて、
悲惨な最期を遂げるだろう。
不遜な行為を改め、神への冒瀆《ぼうとく》をやめ、
聖なるものを穢す手を抑えねば、
誰がいったい神の咎めの
矢を避けて、己の命を護り得ると
言えようか。
それでもなお名誉を得られるなら、神に祈って
踊る意味があろうか。

コロス〔第二の対旋舞歌〕

もしもお告げが真実を示さず、人々の指標とならぬなら、
聖なる大地の臍《ほぞ》であるデルポイへ
詣でる意味もなく、神聖な
アバイの社へも、オリンピアへも
お参りするには及ぶまい。
ゼウスよ、もしもあなたがその名のとおり、
万物を支配する王ならば、
不滅の力もてこれを治めよ。
ライオス王に纏《まつ》わる古き神託は色褪《いろあ》せ、
顧みる者なし。
アポロンの名を尊ぶ声は消え、神々を敬う
心が失われゆく。

〔第三エペイソディオン（第三場）〕

〔イオカステ、侍女たちを従えて登場。〕

イオカステ　テーバイを治める皆様方、
私はこれらの花冠とお香を携えて、
神々のお社にお参りしようと思います。
オイディプス王は心痛のあまり、
過去に照らして新たな出来事を
判断なさる分別さえ失い、魂を苛《さいな》み、
ただもう恐ろしいことしか仰いません。
私がいくら諭《さと》しても甲斐がないので、まずは

リュケイオン・アポロン様、一番近くにおわします、
あなたの御許《みもと》にこの祈りの印《しるし》を持ってお参り致します。
穢れを清める手立てをお示し下さいませ。恰《あたか》も
船の舵取る船長が取り乱すのを見る思いです。
あのような王様を見て恐れ慄かぬ者はおりません。

〔コリントスからの使者登場。〕

使者　異国の方々よ、オイディプス王のお住まいは
どちらかな。いやそれよりも、王様が
どちらにおいでかご存じなら教えて頂きたい。
コロス　こちらがお邸《やしき》、そして王様は中におられます。
こちらにおられるのは、王様のお子たちの母君です。
使者　となれば、王様の誉れあるお妃様。
妃殿下とそのご親族に幸運が訪れますよう。

イオカステ　そう言ってくれるそなたにも同様の運が
訪れますよう。ですが、どんな願い、あるいは
知らせをもっていらしたのか、お話し下さい。
使者　妃殿下のご家族と王様にとって喜ばしいお知らせです。
イオカステ　何でしょう。どちらからのお使いですか。
使者　コリントスから参りました。すぐにお話ししましょう。
お喜び頂けるはず。あるいはお悲しみになるか。
イオカステ　喜びと悲しみをともにもたらす知らせとは？
使者　コリントスの国民たちは、オイディプス様を
コリントスの王にお迎えしたいと希望しているのです。
イオカステ　老いたポリュボス王は王座を退かれたのですか。
使者　はい。お亡くなりになって、葬られました。
イオカステ　待って。何と仰いました。ポリュボス王が葬られた？
使者　私の言葉に偽りあらば、代わりに私が葬られましょう。
イオカステ　〔侍女に〕王様に急ぎお知らせしておいで。　〔侍女退場。〕

ああ、神々のお告げよ、どこへ消えたのです。
オイディプス様が自ら殺しはせぬかといつも怯えて
避けていらした、そのポリュボス王が、天に召された。
王様は手を触れもしなかったのに。

〔オイディプス登場。〕

オイディプス　わが愛しきイオカステよ。
どうした、なぜ私をここへ呼び出したのだ。

イオカステ　この者の話をお聞き下さい。そして、
あの恐ろしい預言の結末をご自分でご判断ください。

オイディプス　何者だ。何の知らせをもってきた。

イオカステ　コリントスより参りました。あなたのお父上、
ポリュボス王が亡くなられたと伝えにきたのです。

オイディプス　何だと。異国の者、そなたの口から聞こう。

使者　はっきりとお伝えするのが任務と心得ます。
ポリュボス王は間違いなくお亡くなりになりました。
オイディプス　病気か、それとも殺されたのか。
使者　ご老体には些細な負担が命取りとなります。
オイディプス　では、病気で亡くなったのだな。
使者　はい。それにかなりのお年でもあられました。
オイディプス　おお！　どうだ、妃よ。こうなっては
アポロンの神託も、鳥の占いも意味がない。
お告げによれば、私が父を殺すはずだったのに。
父は亡くなり、墓に埋められた。そして
私はここにいる、剣を手にすることもなく。
もちろん、私を恋しく思いやつれて死んだなら、
私が殺したとも言えようが。だがこうして、
ポリュボス王とともにあのお告げは黄泉《よみ》の国へ
葬り去られ、意味のないものとなった。

イオカステ　以前からそう申し上げていたではありませんか。
オイディプス　そうだった。だが、恐怖で心が乱れていたのだ。
イオカステ　ではもう恐怖などすっかりお捨て下さい。
オイディプス　だが、まだ近親相姦の恐れがある。
イオカステ　人の身で何を恐れることがありましょう。
　運に支配され、先のことなどわからぬのですから。
できるだけ気ままに生きるのが一番。
母上との結婚を恐れたりなさいますな。
多くの男性が夢の中で、自分を生んだ母と
結ばれる夢を見るものです。それでも
気に留めない者が、幸せに生きられるのです。
オイディプス　確かにそのとおりではあるが、
母はまだ生きている。だから、何と言われようと、
やはり恐れずにはいられないのだ。
イオカステ　お父上が亡くなられたことで、疑いは晴れたはず。

オイディプス　それはそうだが、まだ女がいる。

使者　陛下が恐れる女とは誰です。

オイディプス　ポリュボス王の妃メロペだ。

使者　なぜお妃様を恐れるのですか。

オイディプス　聞くもおぞましいお告げがあるからだ。

使者　教えて頂けますか、それとも口外できぬことですか。

オイディプス　隠すことではない。アポロンは、かつて、
近親相姦の呪いがこの身にかかると告げたのだ。
その上、私はこの手で実の父の血を流すだろうとも。
それゆえ、私はずっと昔にコリントスを離れ、
遠く旅をした。そうして幸運に恵まれたものの、
やはり両親の顔を見たいと思うのが人の子だ。

使者　そのお告げを恐れてずっと流浪の旅を？

オイディプス　父親を殺したくはなかったからな。

使者　それではすぐにも、その恐怖から陛下を解いてさしあげねば。

それが、陛下のために思って参った私の務めでしょう。

オイディプス　いかにも。それなりの褒美をとらせよう。

使者　実はこちらへ参りましたのも、祖国へお帰りと決まれば、
　たっぷり褒美を頂けると思ってのことでした。

オイディプス　帰るだと。親元に帰ることはない！

使者　おやおや、どうやら事の次第がわかっておられぬようだ。

オイディプス　どういうことだ、ご老体、その意味を教えてくれ。

使者　もし先程言われたことを恐れて帰国なさらぬのなら……

オイディプス　アポロンのお告げが成就されるのを恐れているのだ。

使者　両親が原因で罪を犯さぬかと恐れていると？

オイディプス　その恐怖がいつも私を苛む。

使者　それには何の根拠もないとご存じないのか。

オイディプス　根拠のないはずがあろうか、私が両親の子であれば。

使者　ポリュボス王はあなたの血縁ではない。

オイディプス　何だと。ポリュボス王は私の父ではないと？

使者　私があなたの父でないように。

オイディプス　おまえなど関係ない。

使者　ポリュボス王もあなたにとっては他人でした。

オイディプス　では、なぜ王は私を息子と呼んだ。

使者　ポリュボス王は昔、この私の手からあなたを受け取ったのです。

オイディプス　実の子でなければ、あれほど愛することはできぬ。

使者　お子がいなかったから、あなたを溺愛したのです。

オイディプス　それならおまえは、私を買ったのか、拾ったのか。

使者　あなたを初めて見たのは、キタイロンの谷間です。

オイディプス　そんなところで何をしていた。

使者　羊の番をしていました。

オイディプス　さまよえる羊飼いか。

使者　その日は、わが子よ、あなたの命の恩人でした。

オイディプス　私がどんな目に遭っているのを救ったというのだ。

使者　あなたの踝《くるぶし》を見ればおわかりになりましょう。

オイディプス　おお、なぜその古傷のことを言う。

使者　両の踝を貫いていた金具を外したのは私なのです。

オイディプス　それこそ幼き私が受けた屈辱の仕打ち。

使者　あなたがオイディプス、つまり「腫れた足」と呼ばれるのもそれゆえ。

オイディプス　そう名付けたのは誰だ。父か、母か、教えてくれ。

使者　それは存じません。あなたを私に与えた男が知っておりましょう。

オイディプス　別の男からもらったのか。おまえが拾ったのではなく?

使者　別の羊飼いが私によこしました。

オイディプス　どんな男だ。知っていることを教えてくれ。

使者　確かライオス様に仕えていた者のはず。

オイディプス　この国の王ライオスの家来か。

使者　そうです。この国の羊飼いでした。

オイディプス　まだ生きているか。会えるか。

使者　あなたがたテーバイの民が知っているでしょう。

オイディプス　ここにいる者たちよ、教えてくれ。

この男が言う羊飼いを誰か知らないか。
町か郊外で会った者はいないか。教えてくれ。
ついに真実が明らかになる時が来たのだ。
コロス　その男こそ、王様がまさに最前から
会おうとなさっていた男でしょう。しかし、
一番よくご存じなのは、ここにおられるお妃様です。
オイディプス　妃よ。先程呼びにやった男のことを覚えているな。
この者の申しているのは、その男のことなのか。
イオカステ　なぜこの者の申すことなど気になさるのです。
そんな話に意味などありません。つまらぬことです。
オイディプス　一旦手がかりを得たからには、
わが出生の秘密を解き明かさずにはおかぬ。
イオカステ　どうか、後生ですから、ご自身を大事に思われるなら、
お知りになろうとなさらないで。私が苦しむだけで十分。
オイディプス　案ずるな。たとえ私が三代にわたる

奴隷の子孫だとわかったとしても、そなたの血は穢れぬ。

イオカステ　それでもどうか。どうか、知ろうとなさらないで。

オイディプス　真実を明らかにせずにはおけぬ。

イオカステ　陛下のおためを思って申し上げているのです。

オイディプス　おためごかしの忠告はもううんざりだ！

イオカステ　不幸なお方、どうかご自身が何者かお知りになりませんよう。

オイディプス　誰か、その羊飼いをここへ連れて参れ。
妃には構うな。自分の高貴な生まれを自慢させておけ。

イオカステ　ああ、なんと哀れなお方！　そうとしか申し上げられない。
これがあなたへ送る最後の言葉。あとはもう何も言いません！

〔イオカステ退場。〕

コロス　オイディプス様、なぜお妃様は、ひどく嘆かれて
駆け去ってしまわれたのでしょう。この静けさのあとに

悲しみの嵐が吹き荒れないとよいのですが。

オイディプス　何が吹き荒れようと構わん。
たとえ卑しい生まれであろうと、わが素性を知りたい。
妃は、女ゆえに気位が高く、卑しい生まれを
嫌うのであろう。しかし、私は自分を
幸運をもたらす運の女神テュケーの子と思っている。
どうなろうと、恥とは無縁だ。テュケーこそわが母。
そして歳月こそはわが兄弟。
歳月に応じて私は卑小にも偉大にもなる。
だが、私が何者であれ、私は私だ。
わが出生の秘密をつきとめずにはおかぬ。

〔第三スタシモン（コロスの群唱舞踏）〕

コロス　〔第一の正旋舞歌〕

もしわれに予知の力あらば、あるいは賢者の心あらば、
神かけて、明日、
満月がのぼるとき、キタイロンの山々よ、
汝こそ、オイディプス王を育んだ乳母にして母親とも言うべき
故郷《ふるさと》であるとわかろう。
われらが王を育んだ汝を称えてわれらは踊らん。
アポロンよ、どうかこれを嘉《よみ》したまえ。

コロス　〔第一の対旋舞歌〕

あなたを生んだは誰なのか。山駆ける牧神パンに寄り添った
妖精ニンフが母なのか。
それとも山の牧場《まきば》を愛するアポロンの

花嫁か。あるいはキュレネの町を治める
ヘルメスが父か。はたまた
ヘリコン山の峰に住む遊び仲間のニンフから、バッコスが
受け取ったのか、落とし子のあなたを。

〔第四エペイソディオン（第四場）〕

〔オイディプス登場。〕

オイディプス　まだその者に会ったことはない私だが、
どうやらそこにやってきたのが、
捜し求めていた羊飼いであろう。
このコリントスの男同様、だいぶ年老いている。
それに、手を引いているのは家来たちではないか。
だが、おまえたちのほうがよくわかろう、
その男に前に会ったことがあるのなら。

コロス　はい、見覚えがございます。

あれは、ライオス王の忠実な召し使いだった男です。

〔羊飼い登場。〕

オイディプス　コリントスの者よ、まずそなたに訊こう。
　これがその男か。

使者　確かにその男に相違ございません。

オイディプス　そこの老人よ。私を見て、答えよ。
　かつてライオス王に仕えていたか。

羊飼い　はい、買われた奴隷ではなく、お邸で育てて頂きました。

オイディプス　何をして暮らしを立てていた。

羊飼い　たいていは羊の世話をしておりました。

オイディプス　どのあたりに住んでいた。

羊飼い　キタイロンと、その近くでございます。

オイディプス　では、そこで会ったこの男を覚えているな。

羊飼い　何者でしょう。誰のことを仰っているのですか。
オイディプス　この男だ。会ったことはないのか。
羊飼い　すぐには思い出せません。
使者　無理もありません。すぐにわからずとも、
はっきり思い出させてやりましょう。
キタイロンの牧場《まきば》で、この男は羊をふた群れ、
私がひと群れ世話をしながら、ともに
時を過ごしたのです。春から秋まで
半年を三度《みたび》。冬になると私は
自分の羊を自分の羊小屋へ、この男は
ライオス様の羊小屋へ連れ帰ったのです。
〔羊飼いに〕そうであろう。違っているか。
羊飼い　そうだった。ずいぶん昔のことだが。
使者　では言ってくれ。かつて私に子供を
くれたことがあったな。養子として育てるようにと。

羊飼い　何だと。なぜそんなことを訊く。
使者　こちらにおられるのが、そのときの子供なのだ。
羊飼い　ちくしょう！　黙れ！
オイディプス　おい、何を叱りつけるのだ、老人。
そんな言葉を発して、咎められるべきはおまえの方であろう。
羊飼い　私が何をしたというのでしょうか、国王陛下。
オイディプス　子供のことを訊いているのに、答えないではないか。
羊飼い　こいつが何も知らぬくせに、要らぬことを言うからです。
オイディプス　やさしく尋ねて答えぬなら、痛い目に遭わせるぞ。
羊飼い　私は年を取っております。拷問はご勘弁を。
オイディプス　誰か、この者を後ろ手に縛り上げろ。
羊飼い　ああ、ひどい。なぜです。何をお知りになりたいのです。
オイディプス　この男に、その子供を与えたのか。
羊飼い　与えました。あのとき死んでいればよかった！
オイディプス　真実を言わねば、死は免れぬぞ。

羊飼い　言えばなおさら身の破滅。
オイディプス　のらりくらりと言い抜けようという魂胆か。
羊飼い　いいえ。ずっと昔この男に子供を与えたと申しているのです。
オイディプス　その子をどこで手に入れた。自分の子か、よその子か。
羊飼い　私のではありません。ほかの人からもらいました。
オイディプス　この町の誰だ。どの家からもらった。
羊飼い　どうか、もう訊かないで下さい！
オイディプス　もう一度同じことを言わせたら、命はないぞ。
羊飼い　申します。ライオス王のお邸からもらったのです。
オイディプス　奴隷か。それとも王家の子か。
羊飼い　ああ、言わねばならぬのか、口にするのも恐ろしいことを。
オイディプス　それを聞く身も恐ろしい。だが、聞かねばならぬ。
羊飼い　王様のお子と聞いております。ですが、
　お邸におられるお妃様が、一番よくご存じでしょう。
オイディプス　妃からその子を受け取ったのか。

羊飼い　はい。

オイディプス　その子をどうしろと？

羊飼い　殺すようにと。

オイディプス　妃が自分の子を？

羊飼い　はい。恐ろしいお告げがあったので。

オイディプス　どんなお告げだ。

羊飼い　その子は親を殺すというのです。

オイディプス　なら、なぜおまえはその子をこの老人に与えたのだ。

羊飼い　殺すにしのびなかったのです。この男が遠い自分の国へ連れ去ってくれると思ったからです。しかし、命を救ったがために、恐ろしいことになりました。この者が言うとおり、あなたがその子なら、あなたは呪われた運命に生まれついたお方。

オイディプス　ああ、これで何もかも明らかになった。すべて真実なのだ。光よ、もはやおまえを目にはすまい。生まれてはならぬ人から生まれ、娶《めと》ってはならぬ人を娶り、殺してはならぬ人を殺した呪われた人間なのだ、私は！

〔オイディプス、使者、羊飼い退場。〕

〔第四スタシモン（コロスの群唱舞踏）〕

コロス　〔第一の正旋舞歌〕

やがて死すべき、
人の子の運命《さだめ》。その人生の儚《はかな》きこと限りなし。
いったい誰が満足のゆく
幸せなど得られよう。
すべては消えゆく
むなしき幻影。
哀れ、オイディプス。

その運命《さだめ》、その運命を見れば、人の子に
幸《さち》ありとは思われぬ。

コロス 〔第一の対旋舞歌〕

ああゼウスよ、この人ほど、
抜きん出た才覚で成功を射止め、輝いた者が他にあろうか。
曲がった爪を振りかざして
謎をかけたスフィンクスを
倒してくれた人なのに。
国を襲う死に立ちはだかり、
皆を救った人なのに。
偉大なテーバイの王たる栄誉を
一身に担った人なのに。

コロス 〔第二の正旋舞歌〕

そして今、これほど惨めな者があろうか。
栄耀《えいよう》栄華から真っ逆さまに転落し、これほど
幾重もの嘆きに苦しむ人は他にいない。
ああ、気高きオイディプス王よ、
父がそして子が
婚礼の褥《しとね》で
同じ女を抱いたとは！
なぜ父が種を蒔《ま》いた畑にかくも長く、子が種を蒔いて
気づくことがなかったのか。

コロス〔第二の対旋舞歌〕
すべてを見透かす時が今、
図らずもあなたの正体を見出した。
生んだ者が生まれた者となる
おぞましき婚姻に裁きが下る。

ライオスの子よ、
いっそあなたを
知らねばよかった。
挽歌のごとく嘆きが漏れる。
われらに新たな命を授けたあなたは今、暗闇に
われらの目を閉ざしてしまう。

〔エクソドス（最終場）〕

〔第二の使者が館より登場。〕

使者　この国の誉れある皆様方、何という出来事を
皆様のお耳に入れ、ご覧に入れねばならぬことでしょう。
皆様がラブダコスの王家にまだ忠誠の心をお持ちなら、
どれほど悲しみの荷を背負われることか。
イストロスの河[12]やファシスの流れ[13]をもってしても、
この恐怖の館を洗い清めることはできません。
それほど多くの禍がこの館に隠されています。
この惨劇は事故ではなく、覚悟の上で起こされたもの。

こうして自ら招いた悲しみほどつらいものはありません。

コロス　これ以上何を加えようというのだ。
悲しみは既に耐えがたいものとなっているというのに。

使者　まず、お伝えすべきは、この訃報。
お妃イオカステ様が亡くなられました。

コロス　なんとお可哀想に！　いったいどうして。

使者　自ら命を絶たれたのです。ご覧になっていない
皆様には、その出来事の痛ましさがわからない
でしょうが、私の記憶の能うかぎり、
哀れなお妃様の最期をお話ししましょう。
狂乱の有様でお妃様は、お邸に駆け込むと、
両の手で髪の毛をかきむしりながら、

12　古代ギリシャ人はドナウ河の下流域をイストロスと呼んだ。

13　現代のジョージア国に流れるリオニ川のこと。古代ギリシャではファシス川として知られた。

まっすぐに寝室へ向かわれました。
中に入って、扉を激しく閉じると、
今は亡きライオス王の名を何度も呼び、
ずっと以前に生んだ赤子のことを口になさいました。
その子のせいで王は亡くなられ、残された妃は、
その子のせいで呪わしき妊娠をなさったのです。
お妃様はベッドに突っ伏すと、夫に抱かれて夫を生み、
子供と交わり子供を生んだその呪われたベッドで泣きました。
そのあとどのようにして命を落とされたのかはわかりません。
オイディプス王が叫び声をあげながらお邸に飛び込んできて、
右往左往なさるものですから、そちらに気を取られて、
お妃様の御最期を見届けられなかったのです。
王様は剣をよこせと命じて、妻でない妻はどこか、
自分を生み、自分の子を生んだ母はどこかと捜し求めて、
やがて狂乱のうちにお妃様の居場所をつきとめました。

そばにいた私どもの誰一人教えたわけではありません。
何者かに導かれるかのように、王様は、
恐ろしい叫び声をあげて両開きの扉に突進し、
扉を押し曲げて軸受け[14]から外し、
押し倒して、部屋に転がり込みました。
そこで私どもが目にしたものは、編まれた縄で
首を吊り、ぶらさがって揺れているお妃様のお姿。
それをご覧になった王様は、凄まじい叫びをあげて、
お妃様を吊るす縄を解《ほど》きにかかりました。
可哀想なお妃様が床に横たえられると、
次に起こったのは見るに堪えない出来事でした。
王様は、お妃様の服を飾っていた金の針を取ると、

14　カマービークの詳細な注にあるとおり、πυθμένων は、扉の軸を上下で支える軸受けとも、閂の受け金とも解せる。ジェップは「閂を受け金から落とした」と解するが、ドウの解釈を採った。

ご自分の両の目を、こう言いながら突き刺したのです。
「もはや見てはならぬ。わが恐ろしき苦しみも、
呪わしき罪も。この目は、見てはならぬ人を見、
知りたいと願った人を見分けられなかった。
これからは、闇の中で見るがいい」
そう叫ぶと、一度ならず幾度《たび》も、
手を振り上げて針を目に突き立てました。
両の目からは血がどっと噴き出し、
深紅の雨となって激しく顎鬚《あごひげ》を濡らし、血の滴《したた》り
というより、血糊の雹《ひょう》のように降り注ぎました。
こうしてこのお二人から生まれた禍は、
お二人とも巻き込んで破裂しました。
かつては確かに幸せな日々を送られたお二人。
だが、今あるのは、恥辱、嘆き、不運、死——
およそ人間が名づけ得る不幸のうち、

お二人に無縁なものは何一つありません。

コロス　それで王様は、今、少しは落ち着かれたのか。

使者　誰か館の扉を開けと叫んでおられます。そして、
父を殺し、母に――口にするのは憚られる――ことをした
その男を国じゅうの見せしめにするがよいと仰せです。
自らの呪いを自らに受け、自らその身を追放するとのこと。
とは言え、その身を支える力もなく、誰か手を引いて
やらねばなりません。その悲惨さは、
人が耐えられるものではありません。どうか
皆様の目でお確かめ下さい。というのも、ほら、
お邸の扉が開きました。見るも無残な、しかし
憐れまずにはいられないお姿が、今にも現れるでしょう。

〔目を潰したオイディプス登場。〕

〔第二コンモス（嘆きの歌）〕

コロス　ああ、見るに堪えない悲惨な運命。
ああ、かくも恐ろしき姿は見たためしがない。
なんということをなさったのです。
いかなる狂気が幸薄いあなたに飛びかかり、
このあまりと言えばあまりの仕打ちを
なしたのです。ああ、なんと哀れな。
お可哀想で見ていられない。
いろいろ尋ねたいこと、知りたいことが
多々あって、目を背《そむ》けることもできないが、
見ればこの身に震えが走る。
あまりに無残なそのお姿！
オイディプス　ああ、ああ、情けない。

この悲しみの中、私はどこへさまようのか。
わが声は風の翼に乗ってどこへ流されるのか。
おおわが運命よ、私をどこへ連れて行く。

コロス　人知の及ばぬ恐怖の果てへ。

〔第一の正旋舞歌〕

オイディプス　恐ろしや。
おぞましき黒雲が、不吉な風に運ばれて、
わが身の上にたちこめる。
ああ！
忌まわしきわが過去を思えば、
針の痛みが新たにこの魂を貫く。

コロス　犯した罪が二重ゆえ、
激しき嘆きも倍となる。

〔第一の対旋舞歌〕

オイディプス　ああ友よ、

今もなおこの身を支え、盲《めしい》の私を
大事にしてくれるのか。
ああ！
そなたがいるのが感じられる。
目は闇に包まれても、声は聞こえる。

コロス　目を潰すとは恐ろしい。
人知を超えたいかなる力に唆されて？

オイディプス　ああ友よ、アポロンだ。

〔第二の正旋舞歌〕

ありとあらゆる苦しみを私に与えたのはアポロンだ。
だが、目を潰したのは、ほかならぬ私自身。
見てはならぬのだ、
もはや見て心休まるものなどないのだから。

コロス　それは確かにそのとおり。

オイディプス　もはや見るべきものはない。

聞いて嬉しいものはない。
さあ、連れ出してくれ、
ここから私を連れ出してくれ、
このどうしようもない、
誰よりも呪われた、
神々に憎まれた私を。

コロス　運を断たれ、魂を裂かれた哀れなお方。
いっそあなたを知らずにいれば！

〔第二の対旋舞歌〕

オイディプス　あの男を呪ってやる。
あの山奥でわが足から酷い足枷《あしかせ》を外して私を助け、
新たな命を与えたあの男に。
要らぬ親切だ。
そのとき死んでいれば、苦しまずにすんだのに。

コロス　そうは思えど、甲斐なき繰り言。

オイディプス　そうしていれば、私は、
父を殺さず、自分を生んだ母と
結ばれた男と呼ばれることもなかった。
だが、神々に見放され、罪に浸り、
実の母と近親相姦の罪を犯してしまった。
悲しみを超える悲しみがあるとすれば、
今オイディプスはそれに耐えねばならぬ。
コロス　賢いなされようとは言えますまい。
目を潰すより、いっそ死んだほうが。

〔コンモス終了〕

オイディプス　目を潰したのは愚かだなどと、
忠告してくれるな。もはや忠告は要らぬ。
もし目があったら、黄泉の国へ行って
どんな目で父を見たらよいのか。どんな目で
惨めな母を見たらよいのか。この首をくっても

お詫びできぬことをしてしまったのだから。
それに、わが子を見ても愛らしいと思えようか。
いや、こんな生まれの子をこの目で見ても、
決して喜びとなることはない。そしてこの
城壁で囲まれた町も、塔も、神々の聖なる社も、
二度と見てはならぬのだ。なにしろ、かつては
テーバイで最大の栄誉を得ていたこの私自らが、
神の見捨てた罪人を追放せよと命じたのだから。
その罪人こそは、神々から不浄と見なされ、
ライオス王家の穢れである私なのだ。
そのような罪の汚点をこの身に背負いながら
どうして人々と目を合わせることができようか。
できやしない。もしこの耳を塞ぐことが
できるなら、そうしよう。そして、
光も音も受け付けぬ悲惨の塊となろう。

そうして悲しみの届かぬ、暗い
苦悩の世界に身を閉ざそう。
ああ、キタイロンよ。なぜ私を匿った。
その山奥に捨てられ、死んでしまいたかった。
そうすれば、わが出生の秘密も葬られたのだ。ああ、
ポリュボスよ、コリントスよ、わが故郷《ふるさと》と思い定めし国よ。
私はその国の王子として、なんと立派な外見を持ち、
その実、なんとおぞましい邪悪さを隠していたことか。
今こそその正体が暴かれ、忌まわしい生まれが
白日のもとに曝されたのだ。ああ、あの街道、
あの隠れた谷間で、三つの道が合わさる狭い道、
おまえが呑み干したのは、この手が父から流した、
私自身の血だった。覚えているか、私の所業を。
それから、この館へ来て今度は何をしたのかを。
ああ二重に呪われた婚礼よ。私を生み、

それからその同じ種から子を生んで、
何たる混乱を惹き起こしたことか。
父でありながら兄弟。夫でありながら息子。
そして私が娶った女は、母でありながら妻。
人の世で最もおぞましき畜生道だ。
だが、その所業は口にするだに汚らわしい。
どうか、私をどこか異国へ追いやるか、
殺すか、海に投げ捨てて、もう二度と
私を見ないようにしてくれ。
さあ、呪われた男に手を貸してくれ。
恐れることはない。これほどの禍、
私以外の誰も耐えることはできぬ。

コロス　そのお求めに応えようとするかのように、
そこにクレオン様が。今となっては
この国の王の代わりとなれるのはあの方のみ。

オイディプス　ああ、あいつに何と言えばよい。
どう言い訳したら、信頼を取り戻せよう。
あいつにはすっかり悪いことをしてしまった。

〔クレオン登場。〕

クレオン　こうして参ったのは、オイディプスよ、
あなたの嘆きを嘲るためでもなく、かつての非道を
責めるためでもない。〔コロスに向かって〕おまえたち、たとえ
死すべき人間相手に恥じる心を失ったとしても、
命の源である太陽神を敬え。その光に
このような穢れを照らさせてはならぬ。
大地も、聖なる雨も、天の光も、
このような汚点を受け容れるわけにはいかぬ。
急ぎ館の中へお連れしろ。身内の罪は、

身内だけで嘆くがふさわしい。

オイディプス　ああ、わが恐れは杞憂であった。まさか
このように穢れた男に会いにきてくれるとは。気高い人よ、
どうか、そなたのためにも、頼みを一つ聞いてくれ。

クレオン　どのような頼みがあるというのだ。

オイディプス　私を直ちにこの国から追放してくれ。
二度と人と言葉を交わすことのないように。

クレオン　そうしようとは思うが、その前に、
神々にお伺いしてみなければならぬ。

オイディプス　父を殺した穢れの者を破滅させよとは、
既にアポロンがお告げになったこと。

クレオン　それはそうだが、事ここに至っては、
どうすべきか確かめたほうがよい。

オイディプス　私のような者のために神に尋ねてくれるのか。

クレオン　そうだ。今となってはあなたも神を信じよう。

オイディプス　もちろんだ。そしてどうか頼むから、
館の中にいる妃をあなたの手で葬ってやってくれ。
あなたの姉なのだから、あなたの務めでもあろう。
私については、わが父の国から追い出して、
キタイロン――そう、両親がわが墓場と定めた
キタイロンの山奥を彷徨い歩かせてくれ。
両親はそこで私を殺すつもりだった。
今度こそそこでわが命は果てよう。
私にはわかっている。わが死は、
病や事故でもたらされるのではなく、
私は、おぞましい罪の報いを受けて
非業《ひごう》の死を遂げねばならぬ。
だが、そんなことはどうでもよい。
それよりも気になるのはわが子たちだ。
息子たちについては、心配あるまい。

男なのだから自力で生きて行けよう。
けれども、可哀想なのは、二人の娘。
食事の時もいつも一緒にいて、何もかも
分け与えて慈しみ、大事に育ててきた。
どうかあの子たちのことをよろしく頼む。
そしてできれば今、この両の手にあの子らを
掻き抱き、わが不幸を存分に嘆くのを許してくれ。
お願いだ、[15]
立派な心のクレオンよ。あの子たちにこの手で触れれば、
目が見えていたときと同様に、自分のものと感じられよう。

---

15 一四六八、一四七一、一四七五行はいずれも短いバッカス格（短長長）。本来は三歩格で一行が十二音節あるはずなので、それぞれ九音節分の間が空いていることを示す。これは、カンバービークの言葉を借りれば、「極めて感情的な台詞で起こり、驚き、つらさ、懇願を表したり、ときには緊張やサスペンスの効果を強めたりする」。

〔アンティゴネーとイスメーネー登場。〕

オイディプス　どうした？
おお神よ、聞こえてくるのは、愛しき子らの
すすり泣きの声。クレオンは私を憐れんで、
わが子らをここへ連れ出してくれたのか。
そうなのか。

クレオン　そうだ。あなたがこの子らをどれほど
慈しんでいるか知っているから、呼び出したのだ。

オイディプス　そなたに祝福あれ！この計らいゆえ
そなたの運が私より遥かに恵まれますよう。
どこにいる、子供たち。さあ、おいで。
おまえたちの兄のこの手をとっておくれ。
かつてはっきりと見えていたおまえたちの父の目を
潰してしまったこの手を。何も知らずに気づかずに、

私を生んだその腹から生まれたおまえたちの
父となってしまったこの私の手を。ああ！
おまえたちのことを思うと、この見えぬ目には
涙が溢れる。おまえたちは世の中の人々から
どれほどつらい目に遭わされることだろう。
友もなく、誰からも疎んじられ、
祭りのような楽しい折でも、
涙にくれて家へ逃げ帰らねばならぬだろう。
結婚にふさわしい年頃になっても、
誰が、おまえたちと運命をともにして、
両親にもおまえたちにもつきまとう
この拭いがたい汚名を背負いこもうとするものか。
ありとあらゆる不幸が揃っているのだ。
おまえたちの父は、その父を殺し、
母の子を生んだ。自分が生まれた

その腹から、おまえたちをも生んだのだ。
そう言っておまえたちはなじられよう。
誰がおまえたちを娶ろうか。おまえたちは、
夫もなく子もなく死んでいくのだ。
〔クレオンに〕メノイケウスの子よ、この子らの両親《ふたおや》が
潰《つい》えた今、この子らの父となれるのは、そなたしかいない。
どうかそなたの血縁であるこの子らが
生きる手立てを失って彷徨ったり、私と同じような
悲しみの淵に落ちたりしないようにしてやってくれ。
憐みの心で見守って、そなたしか寄《よ》る辺《べ》のない
この幼子らをどうか助けてやってくれ。
この手をとって約束してくれ、気高いクレオン。
〔クレオンはオイディプスの手を取る。オイディプスは再び子供らに向かう。〕

わが子らよ、おまえたちにもう少し分別があったなら、
言って聞かせたいことがたくさんあるが、今はただ、
どこであれ生きていけるところで生きてゆき、
父よりは恵まれた人生が送れるよう、ひたすらに祈るがよい。
クレオン　もう十分嘆いただろう。さあ、中へ。
オイディプス　つらいけれども、従おう。
クレオン　何事にも潮時がある。
オイディプス　従えば、願いを聞いてくれるな？
クレオン　言え。何だ。
オイディプス　わが追放。
クレオン　それは神々のみが決めること。
オイディプス　だが神々は私を憎んでいる。
クレオン　ゆえに願いはかなえられよう。
オイディプス　では約束してくれるな？
クレオン　言ったからには、やる男だ、私は。

オイディプス　では、ここから連れ去ってくれ。

クレオン　来い。だが、子供は放せ。

オイディプス　ああ、この子らを奪わないでくれ。

クレオン　すべて思いどおりにはならぬ。
すべてを意のままにできるオイディプスは、もはやいないのだ。

コロス　テーバイの人々よ、見よ、これがオイディプスだ。
あのスフィンクスの謎を解き、英雄だったその人が、
その運勢も成功も誰もが羨んだその人が、見よ、
なんと残酷な悲運の海に呑まれたことか。
これよりのち誰一人、幸せとは言えまい。
命が果てるその時に、悲嘆にくれずに生涯を
無事に終えたとわかるまで。

テーバイ王家の系図

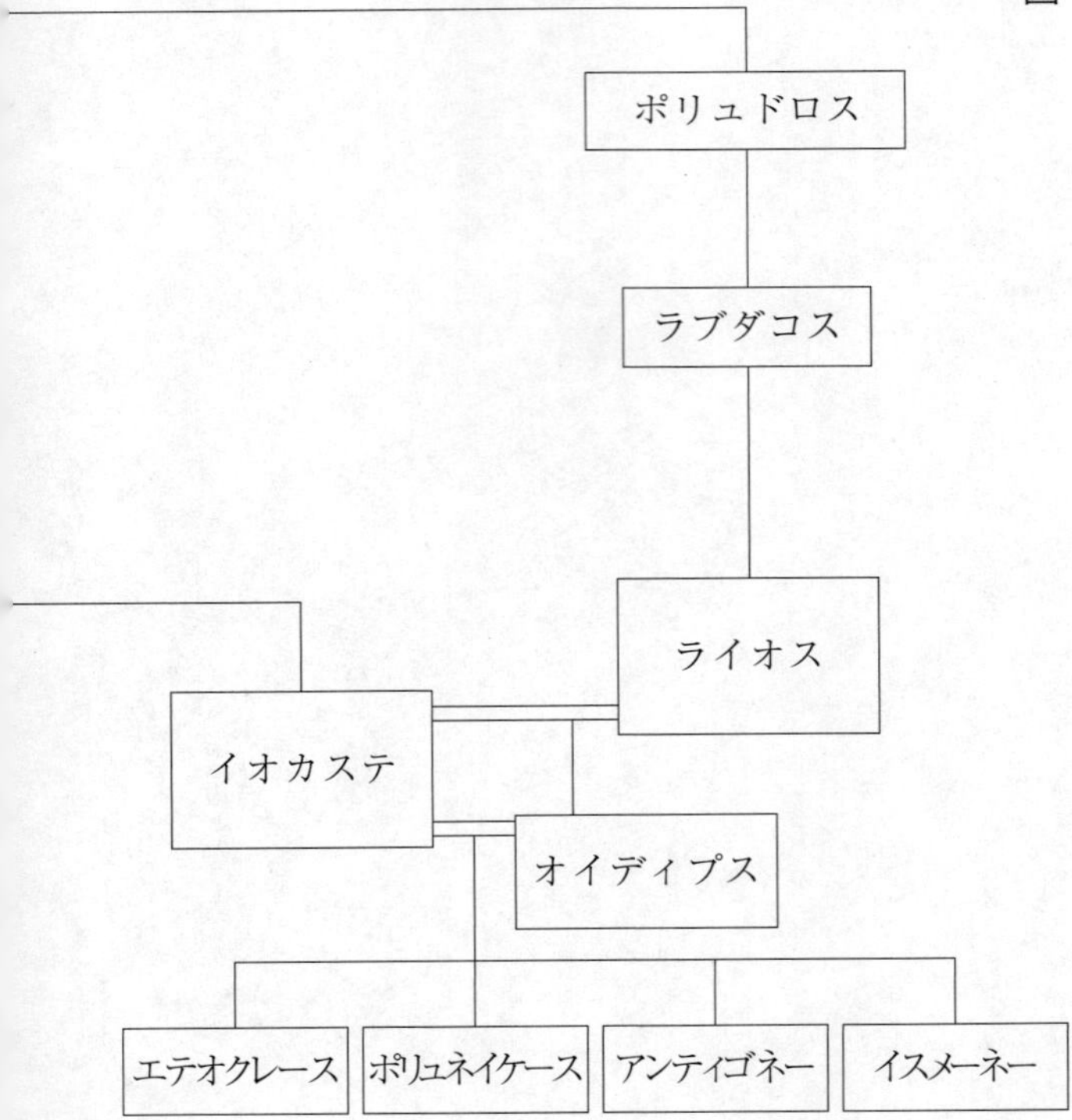
ポリュドロス
ラブダコス
ライオス
イオカステ
オイディプス
エテオクレース
ポリュネイケース
アンティゴネー
イスメーネー

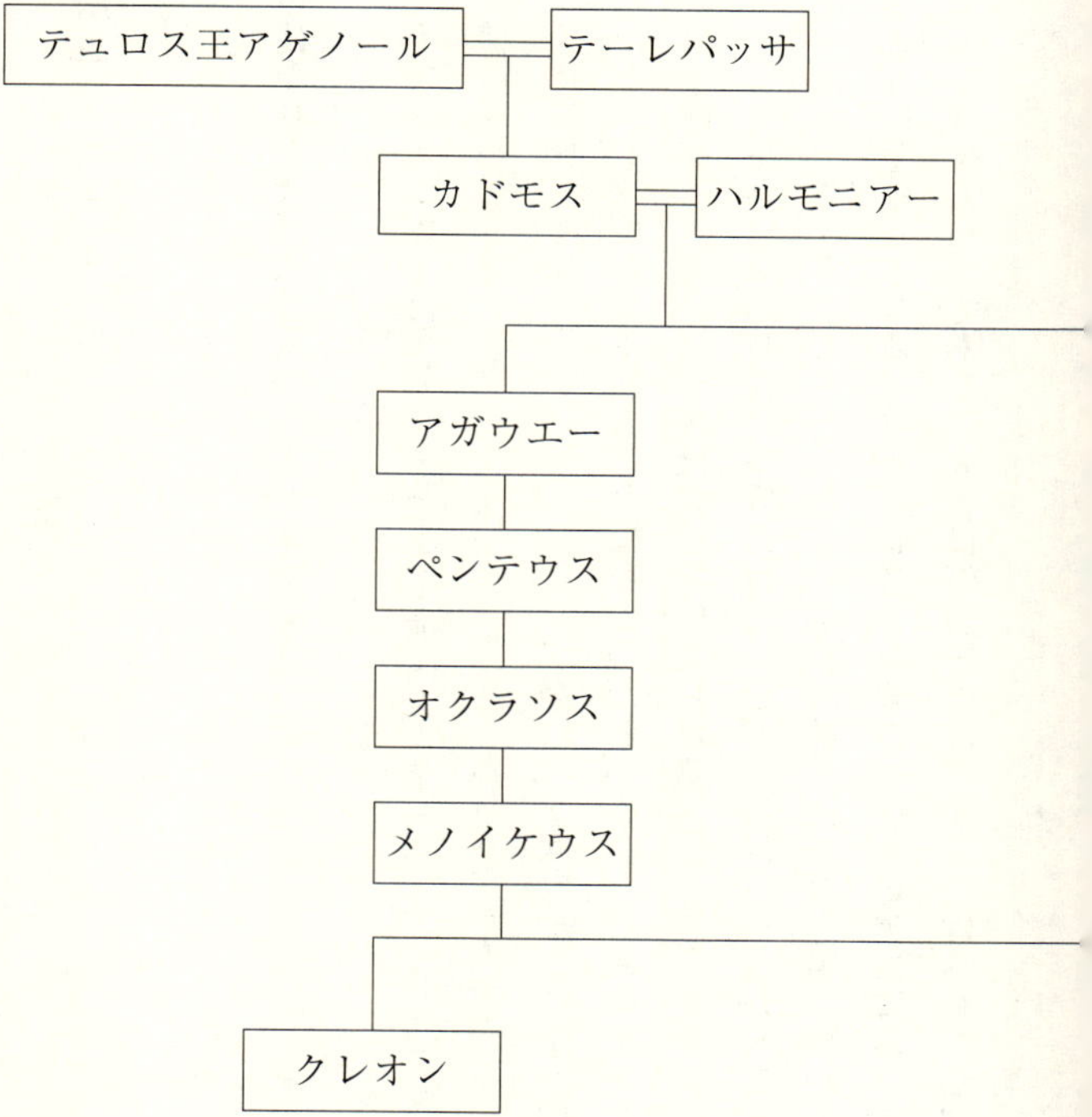
テュロス王アゲノール
テーレパッサ
カドモス
ハルモニアー
アガウエー
ペンテウス
オクラソス
メノイケウス
クレオン

解説（二〇二〇年六月改訂）

河合祥一郎

古代ギリシャ三大詩人の一人ソポクレス

ソポクレス（英語発音ソフォクリーズ、紀元前四九七／六年頃～前四〇六／五年頃）は、アイスキュロス（紀元前五二五年頃～前四五六年頃）、エウリピデス（紀元前四八〇年頃～前四〇六年頃）とともに、古代ギリシャ三大詩人の一人である。ソポクレスは、アテネの演劇祭である大ディオニューシア祭に三十回参加して十八回優勝し、優勝を逃したときも二位より下回ることはなかったという。ちなみにアイスキュロスの優勝回数は十四回、エウリピデスは五回と伝えられる。

アイスキュロスの時代、一度に舞台に上がる俳優は一人から二人に増えたが、ソポクレスは、これを三人に増やし、一場面に最大三人の登場人物が出てくることができるようにしたとされる。ソポクレスの後輩のエウリピデスにおいても、台詞のある登場人物は最大三人である。人物は仮面をつけて演じ分けられたが、ギリシャ悲劇においては一場面に最大三人の人物しか登場しない。

ソポクレスは、百二十三篇の悲劇を書いたと言われるが、現存するのは七篇である。それらは執筆順に、『アイアース』、『アンティゴネー』、『トラキスの女たち』、『オイディプス王』、『エレクトラ』、『ピロクテーテース』、『コロノスのオイディプス』である。なかでも『オイディプス王』、『コロノスのオイディプス』、『アンティゴネー』の三作は、別々のときに書かれた単独作ではあるものの、話の流れが続いているために、三部作と呼ばれることがある。『コロノスのオイディプス』は『オイディプス王』の後日談であり、目が見えなくなってテーバイを追われたオイディプスが娘アンティゴネーに手を引かれてアテナイ近くのコロノスの森に辿《たど》り着き、祖国に侵攻する息子ポリュネイケースに呪いをかけて死んでいく様を描いており、『アンティゴネー』では、父オイディプスを失った娘アンティゴネーが、祖国を攻撃した兄ポリュネイケースの埋葬を禁を破って行った末に自害するドラマを描いている。

ソポクレスの革新

ソポクレスの『オイディプス王』（紀元前四二九年頃執筆）は、ギリシャ悲劇を代表する最高傑作と言ってよいだろう。アリストテレスは『詩学』第十一章で、逆転（ペリペテイア）と認知（アナグノリシス）が同時に起こる優れた作品として『オイディプス王』を挙げて称賛している。第三エペイソディオンにおいて、コリントスからやってきた使者がオイディプス王の不安を取り除こうとして、よかれと思って「王は王妃メロペの子ではなく、両の踝《くるぶし》を刺し貫かれて捨てられた子だった」と語ったことが、逆に王の不幸を決定づけることになるのが「逆転」であり、第四エペイソディオンにおいて、羊飼いがその子をイオカステから受け取ったと語ることで、王が自分の正体を知ることこそ「認知」にほかならない。厳密に言えば「逆転」と「認知」は（アリストテレスが言うように）同時には起こらず、その時間差がサスペンスによってつながっていることで劇の効果が高められている。

物語は、ホメロスの『イリアス』第二十三巻や『オデュッセイア』第十一巻などに言及される古くからあったオイディプス伝説に基づいている。アイスキュロスの場合は、紀元前四六七年にこの伝説に基づく三部作――『ライオス』『オイディプス』『テーバイ攻めの七将』――を執筆したが、最初の二作は失われてしまい、現存する『テーバイ攻めの七将』からアイスキュロス版のオイディプスの物語の断片を窺《うかが》い知ることができる。それらと比較すれば、ソポクレスがこの悲劇を書くに当たって独自に加えた重要な二点が見えてくる。

第一点は、それまでの話では、幼児のオイディプスはキタイロンの山で拾われて南ボイオーティアかシキオンで育てられたとされていたが、これを、キタイロンの山に赤子を捨てるようにと命じられた羊飼い（ライオス王の家来）がコリントスの羊飼い（使者として登場）に赤子を与えたという話に変えた点である。これにより、幼きオイディプスの両の踝を貫いていた金具を外してその命を救ったという使者が登場してもまだ謎は解けず、最後の鍵を握る人物――ライオス王殺害の犯人の数に関する証人であると同時に、赤子をキタイロンの山に捨てるようにと命じられた羊飼い――が登場してようやく事件の全貌が明らかになるという、より劇的な展開になっている。

第二点は、アイスキュロスの『テーバイ攻めの七将』のみならずエウリピデスの『ポイニッサイ（フェニキアの女たち）』が伝える伝説でもそうなのだが、ライオス王は「子孫を残してはならない」とアポロンに命じられたのを無視して一子をもうけたために「その罪の子は父を殺し、母を犯す」という呪いを受けたという前史があり、オイディプスの悲劇に理由があったのを、ソポクレスは一切排除した点である。古い物語によれば、ライオスは青年時代に英雄ペロプス王の宮廷で歓待されていたにも拘《かか》わらず、ペロプスの息子クリュシッポスを誘拐して凌辱したために、ペロプスの怨念《エリニュス》がアポロンの神託として結実したとされている。そのような「親の因果が子に報い」といった因果関係は『オイディプス王』には一切ない。ソポクレスのオイディプスは、ただひたすら己を疑い、呪うしかない。誰かのせいで悲劇になるのではなく、己のせいで最悪の状況に陥るのである。ゆえに一層恐ろしい。『オイディプス王』では、因果ではなく、テュケー（ギリシャ語 τύχη）――「運」「偶然」「成り行き」などと訳される――がテーマとなるのだ。

　その意味でも、男児が潜在的に抱く母親への欲望と父親への対抗心のことをフロイトが『オイディプス王』に基づいてエディプス・コンプレックスと呼んだのは問題の核心を衝いていた（「オイディプス」はドイツ語で「エディプス」と発音する）。悲劇に原因があるとすれば、あくまでオイディプス本人に求めるしかないからだ。女児の場合はエレクトラ・コンプレックス（父親への欲望と母親への対抗心）と呼ばれることがあるが、広義にはこれもエディプス・コンプレックスに含まれる。劇中でも、「多くの男性が夢の中で、自分を生んだ母と／結ばれる夢を見るものです」というイオカステの台詞がある（九八一～九八二行）が、これはまさにフロイトが問題とする異性親に対して抱く潜在的な性的欲望に他ならない。オイディプスの潜在的な欲望がテュケーによって実現してしまうなら、なおさらオイディプスは自分を責めるしかない。

オイディプスは、国を救った英雄から忌まわしき穢《けが》れそのものへと一転する。オイディプスは、自らの認識に欺かれていたことに愕然とし、重要な認識器官である目を潰す。のちにシェイクスピアの『リア王』のグロスターも、目を失ってから己の認識の誤りに気づくことになり、「行く当てなどない。だから目は要らん。目が見えたときはつまずいた」と語るが、これはそのままオイディプスが語ってもよい台詞だ。オイディプスにはhubris（ヒューブリス＝神々に対する傲慢）があったと論じられることがあるが、これほどの悲劇をもって罰せられるべき咎《とが》が彼にあったとは思えない。むしろ、運に翻弄されたという点では、『ロミオとジュリエット』の悲劇性に似ている。

この悲劇がテュケー（運）によって惹き起こされたとするなら、運命の三叉路と称されることもある〝三つの道が一つになる場所〟こそがその現場として重要になるだろう。アイスキュロスでは、これは復讐の女神《エリニュス》の聖地とされるポトニアエ（テーバイの南約二キロ）にあった。しかし、ソポクレスは、前述の呪いの因果を断ち切るため、すべてはアポロンのなせる業として、エリニュスにまつわるポトニアエではなく、パルナッソス山とキルフィス山に挟まれたスキステ街道（後述）を運命の場所とした。

なお、エウリピデスの『フェニキアの女たち』は、本作では自殺をしたとされているイオカステが生きていて、その独白から始まる。すなわち、弟クレオンが「賢い乙女スピンクスの謎を解いた者があれば／その者を〔夫ライオスを失ったイオカステの〕婿の座につけようと」布令を出し、それゆえにオイディプスがイオカステの夫となったのだが、「わたくしとの結婚が母親との近親婚だと知ってから／オイディプスはすべての受難を耐え忍んだのち、／おぞましくもわれとわが眼に向けて潰れよとばかり／黄金の留め針を突き刺して瞳を血まみれにしました……あの人は館の中に生きています」と語るところから始まる（丹下和彦訳『エウリピデス悲劇全集４』〔京都大学学術出版会、二〇一五年〕より引用）。そして父親オイディプスの呪いを受けた二人の息子たちが互いに争い、果てたのちにイオカステは自害する。エウリピデスがイオカステを「母」として描くのに対して、ソポクレスは「母」のみならず「女」として描いているると言えよう。

イオカステはいつ気づいたのか

オイディプスにとっての認知《アナグノリシス》は、第四エペイソディオンの最後で起こる。使者に問われた羊飼いが「妃の子を殺すにしのびなく羊飼いに与えた」と証言したのを受けて、王が「これで何もかも明らかになった」と言う箇所（一一八二行）がそれである。一方、イオカステはもっと早くに気づいていて、「どうか、知ろうとなさらないで」（一〇六四行）と訴え、訴えが通らないとわかると「あとはもう何も言いません！」（一〇七二行）と最後の言葉を残して館内に姿を消してしまい、そのあと再び登場することはない。では、イオカステはいつ気づいたのか。おそらくそれは、王が実はポリュボス王の子ではなく、両の踝を金具で貫かれていた状態で捨てられた子であったということをイオカステが使者から知らされ、かつ、その使者に子供を渡したのがイオカステから子供を受け取った家来（今は羊飼い）だと知ったとき（一〇四四行）であろう。子供を使者に与えた男を呼び出せば「ついに真実が明らかになる時が来」る（一〇五〇行）と王は考えるが、イオカステはその男に子供を与えた本人であるのだから、その男を呼び出すまでもない。男が知っていることは、すでにイオカステも知っているのだ。それゆえ、彼女は「どうか、後生ですから、ご自身を大事に思われるなら、／お知りになろうとなさらないで」（一〇六〇～一〇六一）と言うのだ。

これに対して川島重成氏は、『ギリシャ悲劇の人間理解』（新地書房、一九八三年）、『「オイディプース王」を読む』（講談社学術文庫、一九九六年）およびその改訂版『アポロンの光と闇のもとに――ギリシア悲劇『オイディプス王』解釈』（三陸書房、二〇〇四年）において、イオカステが気づくのはそこではなく、もっと早く、オイディプスが「自分は母親と交わって実の父親を殺すだろうというアポロンの神託を受けたのだ」と長々と語るときにイオカステがどういうわけか黙りこくって聞いているとき（七七一～八三三行）だと論じている。

解釈の相違だが、川島氏の説にはあの平幹二朗氏も膝を打ち、川島氏に「衝撃を受けた」と感謝状を書き送り、幹の会＋リリック公演（巻末「付記」参照）で自ら演出・主演したときにその説を取り入れている。となれば、逆にどうして私がその説に納得できないのかが問題になるかもしれない。少し詳しく考えてみたい。

川島氏は、イオカステがデルポイの神託に二度目に言及する際の不自然さに注目する。最初に神託に言及したとき、イオカステは「預言など、人間の身でできるものではない」（七〇八～九行）と言うのみだった。その際彼女が「王様は三つの道が一つになる場所で、／異国の盗賊どもに殺された」（七一四～五行）と告げたことから、オイディプスは、ある老人をその場所で殺した自分こそが犯人ではないかという疑いを抱く。この疑いを払拭するためには、事件を目撃した羊飼いの「犯人は複数だった」という証言が正しいことを確認しなければならない。オイディプスは、その点こそが決め手だと考え、「もし犯人は一人の旅人だったと言うなら、／疑いなく、罪を犯したのは私ということになる」（八四六～八四七行）と断言する。

ここから川島氏の言葉を引用しよう。

従来の解釈では、イオカステはこのオイディプスの不安を取り去ろうとして、かの神託をここで再び持ち出したと理解されてきた。はたしてそうであろうか。オイディプスの不安の因《よ》ってくるところと、それから逃れうる唯一の望みの明白な表明を受けて、イオカステは当然のように、「いや、彼の話が先ほど申したとおりのものであったことは、けっしてまちがいありませんし、またあの男は、いまさらその点について、前言をひるがえすこともできぬはず」（八四八―四九）と答える。オイディプスは、このイオカステの間髪を入れぬ反応に、まずは大いに慰められたことであろう。実際その点が、あの羊飼い自身によってもう一度確認されることだけが、今のオイディプスに残された唯一の救いであり、イオカステはそのことの保証を与えてくれたのである。しかるに、イオカステはさらにつぎのように語る。

それに、よしかりに彼が何か前と違ったことを申し述べたといたしましても、王よ、すくなくもライオスの殺害が、ほんとうにお告げのとおりにおこなわれたということだけは、けっして示されぬでありましょう。(八五一—五三)

これに続けて、かの神託が成就しなかった(という)次第とそう主張できる根拠、そして神託の拒否の宣言を口にする。

ところで、もしイオカステがオイディプスの不安を取り除こうとしているのであれば、いま引用した導入部(「それに、よしかりに彼が何か前と違ったことを申し述べたといたしましても、……」[八五一])は、どうにも腑に落ちないことになるのではないか。なぜなら、あの男が前言をひるがえすことがあれば、ライオス殺害の犯人は複数ではなく、ただ一人ということになり、それがオイディプスの身の破滅を意味することは、直前に彼が表白したところである。これはその事実性が否定されている単なる仮定にすぎないとしても、そもそもイオカステがこれを仮定したということそれ自体が問題ではなかろうか。従来の解釈ではなぜか、この点に注意が払われてこなかったのである。

さらに、その神託が成就しなかったという彼女の主張も、この場面のオイディプスを慰めるものとしては的はずれの感をまぬかれない。ライオスに告げられたアポロンの神託が成就したか、しなかったかの問題は、この時の彼の関心事ではなかった。なるほど、アポロンの神託自体は、オイディプスがデルポイに赴いて以来（いや実は彼の誕生以来）彼の生を根底から規定してきた問題ではあった。しかしそれは、かの三叉路の事件が「盗賊ども」の仕業か、一人だけの所業なのかという一事にかかずらっている現在の彼にとっては、なんら差し迫ったことと意識されてはいない。それゆえ、イオカステがもはや予言のことで思い煩うようなことはしないと宣言しても、少しも今のオイディプスの安堵とはならないはずである。

（『アポロンの光と闇のもとに』一一一～一一三ページ）

確かにイオカステは、最初の言及ではテイレシアスを含む預言者一般を否定していたのに、二番目の言及ではアポロンの神託そのものを否定する。イオカステが、人間による預言の否定から、神託そのものの否定へと態度を変えた理由は何か。神託が成就していたという恐ろしい事実をイオカステが知ったからではないかと考える川島氏は、さらに次のように考察を進める。オイディプス自身がその恐ろしい事実を知ったとき、それまでの度重なる「テュケー」（偶然）への言及はなくなり、代わりに「ダイモーン」という語――「運命《さだめ》」（一一九三行）、「人知を超えた力」（一三二八行）などと訳した――が連呼されるのも重要だ。

川島氏は、その詳細な作品分析に於いて本作のキーワードである「テュケー」という語が登場人物の口にのぼる全十三か所をつぶさに分析している。私の翻訳では必ずしも「テュケー」にいちいち訳語を与えていない箇所もあるが、それらは次のように訳した十三か所である（数字は原典の行数。*をつけたのは、翻訳上の都合で行数が原典より前後一行ずれている場合）――「幸運」（五二行）、「運命《テュケー》」（八〇行*）、「誰の血が流されたというのだ（＝血が流されたというのは誰の身の上のことか）」（一〇二行）、「時ならぬ運《テュケー》」（二六三行）、「高みにのぼったがゆえに転落する」（四四二行）、「その前に何があったのか（＝この出来事《テュケー》がどうしたわけか）教えて頂戴」（六八〇行）、「このような仕儀」（七七三*行）、「思いがけぬこと」（七七六*行）、「そのポリュボス王が〔テュケーによって〕天に召された」（九四九*行）、「運」（九七七*行）、「あなたがオイディプス、つまり「腫れた足」と呼ばれるのもそれ《テュケー》ゆえ」（一〇三六行）、「幸運をもたらす運の女神テュケーの子」（一〇八〇行）、「その運勢も成功も」（一五二六行）――以上十三か所である。

最後の一例（ドラマの最後にコロスが全体を総括するところで言及される例）を除いて、いずれもオイディプスの自己発見以前になされるところに詩人の作劇上の秘密が隠されていると、川島氏は説く。そして、「運命はその全容を見渡すことのできない人間には偶然と見える」が、「登場人物に偶然《テュケー》と映るものが、〔全知の神と同じ特権を与えられている観衆には〕アポロンの手になる必然《ディケー》（八八五）であると見えていた。この知の落差に、この悲劇に張りめぐらされた劇的アイロニー（ソポクレス的アイロニー）の成り立つ根拠があった」（『アポロンの光と闇のもとに』一九一ページ）として、次のように指摘する。この悲劇のなかでただ一人、最初からすべてを知っていたのはテイレシアスだが、「やがてイオカステもその列に加わり、最後にオイディプスやコロスも他の者も目が開かれる、というプロセスを経てゆく。すなわち、人の目に偶然《テュケー》と映っていたものの一切が、実は必然《ディケー》の現れであったことを、この悲劇は次第に明らかにしてゆく」(『アポロンの光と闇のもとに』一九二ページ)のだと。つまり、それまでの十二回に亘るテュケーへの言及は、真相の発見《アナグノリシス》以降、ダイモーンの連呼へ変わるところにこの劇のダイナミズムがあるわけだ。オイディプスは幸運や偶然といったテュケーのなかで生きてきたのではなく、恐ろしい圧倒的なダイモーンの力から逃れられなかったことが明確になる。

ダイモーンという語は、本書七十二ページですでに二度にわたってオイディプス自身が口にしていた。オイディプスが殺した老人がライオス王であるならば、「この私ほど神々《ダイモーン》の憎しみを受けた者がいるか」(八一七行)、「ああ、どこかの残酷な神《ダイモーン》が、わが魂を/責め苛んでいるとしか思えない」(八二八～九行)と言うのである。オイディプスがここでダイモーンと叫ぶとき、イオカステがその意味に気づくのではないかと、川島氏は考察する。

川島氏はさらに「オイディプスがおよそ六十行の長きにわたって彼自身の過去を物語る間、イオカステが沈黙を守ったままでいること」に注意を喚起する。しかも彼女がその沈黙を破るとき、様子がおかしいのだ。オイディプスは事実を確認するために「盗賊ども」を見たという証言をした羊飼いがやってくるのを待とうと言う。すると、初めてイオカステは口を開く――「その人が来たら、どうなさろうというのです」（八三八行）。さらに言う、「私の話のどこが気になりましたか」（八四一行）。川島氏は、これは、真実に気づいてしまったイオカステがほとんど本能的にその真実をオイディプスに察知させまいとして取っている行動だと解する。夫を息子を守るためには、自分の赤子は死に、神託は成就しなかったとしなければならないのである。

以上、川島氏の論をかいつまんで紹介したが、むろんこのような短い要約で十分なはずがなく、読者諸賢にはぜひ『アポロンの光と闇のもとに』をご一読頂きたい。再読、再再読に値する書である。学界においても、小川正廣氏（「オイディプスと神託――ギリシア悲劇と民話」、『名古屋大學文學部研究論集』一九九九年、一五～四四ページ）が川島説を支持しているほか、平田松吾氏が『オイディプスはなぜ目を突いたのか？――ソポクレス『オイディプス王』における第三の真実』（『ペディラヴィウム――ヘブライズムとヘレニズム研究』第六〇号、二〇〇六年、六四～八五ページ）において川島氏の論点を詳細に分析した上、神託への二つの言及の差は Bernard Knox が

Oedipus at Thebes: Sophocles' Tragic Hero and His Time (New Haven: Yale University Press, 1957), pp. 171-3において指摘しており、川島説はノックスの問題意識を継承・発展させたものと捉えられると論じている。

一方、これに対する反論としては、岡道男氏が『ギリシア悲劇とラテン文学』(岩波書店、一九九五年、一〇四ページ)で反駁《はんばく》し、丹下和彦氏が『ギリシア悲劇ノート』(白水社、二〇〇九年)の第八章「イオカステはいつ知ったか」でその問題点を丁寧に吟味しているので、私が屋上屋を架すまでもないことではあるが、私が川島説に与《くみ》しない理由を簡潔に示しておきたい。イオカステが神託に二度言及していることを問題視する川島氏は次のように記す。

〔二度の言及〕の結語の部分を比較すると、前者では、「あなたは何も、それを気にかけることはございませぬ」(七二四)とイオカステはオイディプスを慰めようとしており、心をオイディプスに向けて開いているのに対して、後者では、「さればもうこれからは、わたくしは神の告げる予言のために、くよくよと思いわずらうようなことは、けっしていたさぬでございましょう」(八五七-五八)と、自分の断固とした決意を宣言している。彼女は自分のなかに閉じこもろうとしていると言えるのではないだろうか。この相違は、いままで論述してきたところと合せ考えるとき、きわめて重要な問題を指し示しているといわなければならない。（『アポロンの光と闇のもとに』一一七ページ）

問題となるのは、後者の八五七～八五八行の台詞である。原文はこうである。

ὥστ᾽ οὐχὶ μαντείας γ᾽ ἂν οὔτε τῇδ᾽ ἐγὼ
βλέψαιμ᾽ ἂν οὕνεκ᾽ οὔτε τῇδ᾽ ἂν ὕστερον.

リチャード・ジェッブの注記によれば、**οὔτε τῇδ᾽ … οὔτε τῇδ᾽** は neither to this side nor to that の意味である。R・D・ドウはこの二行を I wouldn't look either this way or that, for the sake of prophecy, or so far as prophecy is concerned とパラフレーズしており、本書では、「ですから、これからは預言を気にしてあれこれ考えたりなど、私でしたら致しません」と訳した。つまり、川島氏の言うように「自分の断固とした決意」を表明するものではなく、心をオイディプスに向けて「私だったら預言を気にしませんから、あなたもどうぞ気になさらないで」と、慰める台詞と解釈したのである。この点に関し、西洋古典学が専門の同僚、高橋英海教授に確かめたところ、「明示しないでよい人称代名詞ἐγώがあることで、『私なら』という意味が強調されています。動詞βλέψαιμ᾽ ἄνは『（アオリスト）希求法＋ἄν』ですが、これについてHerbert Weir Smythの文法書には"The potential optative with ἄν states a future possibility, propriety, or likelihood, as an opinion of the speaker; and may be translated by may, might, can (especially with a negative), must, would, should (rarely will, shall)"とあります。ここでは、『私だったらそうはしないし、そうすべきでない』というイオカステーの見解としての"propriety"を表しているという感じでしょうか」との言葉を頂き、私の訳でよいと支持して頂いた。そうなると、川島氏の示唆するようにイオカステは「自分のなかに閉じこもろうとしている」のではなく、むしろ強い口調でオイディプスの懸念を消そうと努めていることになり、川島氏の問題視する一点が消えることになる。

この点について私は川島氏と書簡で意見を交換しており、川島氏より「Smyth文法にある通り、この用法で言い表わしうるニュアンスには大きな幅があり、私の言う

『断固とした決意』も、とりわけ ἐγώ を伴なってこの形式で表記することは可能だと思います。ただし大兄の解釈『強い口調でオイディプスの懸念を消そうと努めている』ということは、その通りだと思います。ただ七〇七～七二五行と比べて、ここではその前提に強烈な自己「発見」があると言いたかっただけです」との返答を得た。どちらの解釈も可ということになろうか。

確かに「それに、かりに前言を翻したとしても」とは非論理的な発言だ。だが、それは「自分は預言どおりライオス殺しの犯人か」と悩んで犯人の単複にこだわる夫に対して、そもそも預言が成立しないとすれば単複を問題にするまでもないという別の理屈を持ち出してきたと考えればよいことではないだろうか。夫は預言を気にして故郷を逃れ、今も、ライオス王殺しに関する預言に苦しめられている。イオカステは、そのように夫を苦しめている預言そのものから、夫を解放しようと務めていると解釈できる。その点でイオカステの態度は一貫しており、ひっかかるところは私には感じられない。

確かに、イオカステは、第二エペイソディオンでオイディプスが預言の話をするとき（七七一～八三三行）、長いあいだ沈黙しており、それはちょうど第三エペイソディオンの真相の発見の時《アナグノリシス》——「どうやら事の次第がわかっておられぬようだ」(一〇〇八行)から始まって「一番よくご存じなのは、ここにおられるお妃様です」(一〇五三行)まで——と同じくらいの長さの沈黙であり、どちらの場面でも彼女は似たような反応をしている——「その人が来たら、どうなさろうというのです」(八三八行)/「なぜこの者の申すことなど気になさるのです」(一〇五六行)。そこをとっかかりにして、ある種のリアリズム演劇を想定して考えれば、第二エペイソディオンでイオカステが気づいたとして演じることは可能だろう。そもそも、劇中、王がオイディプス、つまり「腫れた足」と呼ばれているのが両の踝を貫かれて捨てられた子の証であるかのように言及されている(一〇三六行)が、王とベッドをともにしているイオカステがその足のことを知らないはずはないのだ。イオカステは捨てられた自分の子の両足について曖昧な表現をしており(七一八行)、夫であるオイディプスの足を見て何かを思っていたかもしれない。であれば、王が「父を殺し、母を犯す」という神託を受けたと話すとき、自分の子も同じ神託を受けていたことを重ね合わせ、なおかつ直前に交わされたライオス王の風貌に関する確認——「風貌はあなたとあまり変わりませんでした」——にあるように、目の前の夫に前夫の面影を認めて、人知れず恐怖を覚えるという演出は可能であり、事実、平幹二朗氏がそれを採用したわけである。

私の解釈では、イオカステは、かつて預言を信じた前夫によって自分の子を捨てさせられた女性である以上、預言を憎んでいるし、信じたくもないために、最初に預言の話をするときにも預言への不信がにじんでおり、預言など気にしなくてよいという強い思いを抱いていると考える。第二エペイソディオンで、オイディプスが預言のせいで心を乱すとき、「預言など気にしなくてよいのです」と繰り返して夫を慰めようとしているのはそのためだ。この場で預言の有効性を頑強に否定しておきながら、第三エペイソディオンで預言が成就されたことを知り、それが夫自らの手で明らかにされることを止められないと悟ってイオカステは自害するというのがドラマの流れだと解釈する。第二エペイソディオンという早い段階で実は預言が成就していたことに感づいていたとしたら、このドラマは成立しない。

イオカステの言葉を信じるなら、彼女は自分の子が生きているはずがないと信じている。たまたま夫が話した預言の話が、亡き子に下った預言と似ているというだけでは、長年の思い込みを捨て、死んだはずの子が生きていて、それが夫なのだと気づく契機としては弱すぎないか。もちろん前述のように、イオカステはこれまでに何となく思い当たるふしがなかったわけではないとすれば、第二エペイソディオンで気づくとする演出は可能ではあろう。しかし、第三エペイソディオン以降が続かない。

密かに気づいてしまったイオカステを想像してみよう。きっとひどく動揺し、取り乱し、そんなことはあってはならないと否定しようとし、葛藤するだろう。ところが、イオカステはそうしたそぶりをいっさい見せることなく、ただオイディプス王が心乱れていることを気遣う台詞しか言わない（九一一〜二三行）。その直後、オイディプスの父親ポリュボス王が亡くなったと知って、オイディプスが父を殺すと恐れていた預言が果たされなかったとイオカステが喜ぶくだりについて、オイディプスも侍女も見ていないところで独り喜んでいるイオカステが演技をしているとは思えないと初版の解説に記したところ、川島氏から「拙著のP一三九の注3にあるごとく、そこには『この主張を聴かせる相手としてコロスがいることに留意したい。』ギリシア悲劇には「ひとりで喜ぶ」というようなことはありません」との反論を得た。ただ、コロスを騙すために台詞を言うことがありえるとするのは、ギリシャ演劇のコロスがもつ演劇的役割を無視して、近代リアリズム演劇の登場人物と同等に扱うことにならないか。先に真実を知ったイオカステが何としてもオイディプスにはそれを知らしめまいとしてコロスに対して演技を続けていると仮定する場合、イオカステ自身が抱えるはずの激しい心理的葛藤やドラマを一切度外視することになる。しかし、イオカステ自身、真実を知ってパニックに陥らないということがあるだろうか。私が考えるドラマでは、自分が生んだ子を夫としてベッドに迎え、肉体関係を結んでいたことを知ったイオカステは、その自分の肉体をずたずたに引き裂きたいほどの衝撃を覚えて耐えられずに自殺する――それほどの衝撃をイオカステ自身も受け取ったと考えたい。少し先に気付いたイオカステが止めようとしてもオイディプスがその制止を無視して真実を明らかにしようとするとき、彼女にはもはやその衝撃の真実に立ち向かうことができないがゆえに自害するのではないか。オイディプスに知らせまいとして演技をし続けられると想定するのは、イオカステ自身の内面の葛藤を無視する解釈であるように思える。

ドラマの流れから言っても、第三エペイソディオン冒頭には、やはり預言は成就しなかったとする純粋な喜びがなければならない。それが喜びであればこそ逆転《ペリペテイア》となるのではないだろうか。吉田敦彦氏が説くように、コリントスからやってきた老人がもたらした知らせによって、オイディプスの恐れていた神託が果たされなかったと知って「欣喜し」たのだと解したい（『オイディプスの謎』講談社学術文庫、二〇一一年、一〇七ページ)。吉田氏の言葉を借りてまとめ直せば、コリントスから来た老人とオイディプスとのやりとりのなかで、「オイディプスが赤ん坊のときに、両足の踝を無残に刺し貫かれて、キタイロンの山奥に捨て子にされたということを聞いた時点で、イオカステにはオイディプスがなんとどうやら、かつて自分が腹を痛めて産んだライオスの息子にほかならないらしいことの察しがついた。しかもそのあとでさらに、そのときに彼をそこに捨てに来たのが、当時のライオスの下僕だった羊飼いだと言われたことで、そのことにもはや疑問の余地がまったくなくなった」(一二四ページ)と考えるのが自然でるように思える。凡例に掲げたルイス・キャンベル、J・C・カマービーク、R・D・ドウらの注釈書でも、また逸身喜一郎『ソフォクレース「オイディプース王」とエウリーピデース「バッカイ」』(岩波書店、二〇〇八年)でも同様の解釈が示されている。以上、紙面の許す限り、川島氏とのやりとりを紹介した。読者諸賢はどのように考えるだろうか。

運命の三叉路?

本書では、馬場恵二氏の論考「スキステ街道(Schistê Hodos)——オイディプウス伝説と中部ギリシア内陸・湾岸交通路」(『駿台史學』八一〔一九九一年〕一九一～二一一ページ)に従い、これまで「三叉路」と訳されていた語を「三つの道が一つになる場所」、「スキステ街道」などと訳した。「三叉路」と訳すと、三筋の道が一点で交わるかのように思われるが、事件が起こったのは交差点ではなく、隘路《あいろ》だと解釈する。それが北のパルナッソス山と南のキルフィス山に挟まれた交通の難所であり、「スキステ街道」と呼ばれていたことは、他の文献にも記されている(Sir William Gell, *The Itinerary of Greece*, London, 1819, p. 16)。「スキステ」は「分岐した」の意味なので、既訳では「別れた道」や「分かれた道」などとされていたが、馬場氏が指摘するとおり、固有名詞として扱うべきである(英語では the Cleft Way と表記される)。

二世紀のギリシャの地理学者パウサニアス著『ギリシア案内記』全十巻の英訳者J・G・フレイザーの注解(J. G. Frazer, ed. and trans., *Pausanias's Description of Greece*, vol. 5: Commentary on Books IX, X. Addenda, Cambridge: Cambridge University Press, 1898; 2012, pp. 231-2)に従えば、次のようにまとめられよう。すなわち、ダウリス(ダウリス)から南下してきた道は、ダウリスの南西五マイルほどのところで巨大なパルナッソス山の東の麓に沿って進んだあと、急に西へ曲がって狭い登り道へと続くのだが、その登り道に入る前に、南東のテーバイ（テーベ）からの道と合流する。そのあと、北はパルナッソス山、南はキルフィス山のあいだの奥深い谷を抜けてデルポイ（デルフォイ）へ続く長く狭い登り道となるが、これがスキステ街道である。これまで、三叉路であれば「どちらかが第三の道に退避するゆえに争いは起こりえない」といった議論がなされていたが（岡『ギリシア悲劇とラテン文学』九八〜九九ページ）、多くの人が論じるように、作品からは「容易に道を譲ることのできない狭い一本道」であるかのようなイメージを受けるのであり、結局そのイメージが正しいわけである。

この道は、デルポイからテーバイへ向かっていたオイディプスにとっては楽な下り道だが、テーバイからデルポイへ向かっていたライオス王一行にとってはつらい登り道であり、ライオス王の馬車の一行が自分たちに優先権があると考えて当然の状況だった。「とくに坂を登る馬車が途中でいったん停止すると、ふたたび動き出すとき大きな負担がかかる」し、「テーバイ王であるラーイオスがどこの誰かわからぬ一人旅の若者にたいしてとくに考慮をはらうべき理由はおよそ考えられない」という岡氏の指摘は傾聴に値する（前掲書、一〇二ページ）。

但《ただ》し、馬場氏はフレイザー説に修正を加え、テーバイからの道ではなく、アンプロソスからの道の可能性が高いとしたうえで、「デルフォイから東に向かった街道は、パルナッソス山／キルフィス山の谷間の東端を抜けて平坦地に出たところで、先ず……右手（南方）に分岐し、ついで、そこからさらに数粁東方の隘路《ステネ》（パルナッソス東麓に連なる低い山岳とコリエゼス西麓の間の谷）を経て」次の分岐点にさしかかるが、その隘路《ステネ》がスキステ街道だとしている（一九八ページ）。その場合、ライオス王の一行とオイディプスがどのようにすれ違ったのか不詳である。

『オイディプス王』の構造

以下に、本作の構造を記しておこう。留意すべき点は、コロス（合唱隊）の入場（パロドス）によって本格的に劇が開始するのであり、それ以前はプロロゴス（序）であるということだ。

コロスは一旦登場すると、エクソドス（全員の退場を含む最終場）までオルケーストラー（演舞場）に留まり、そこで歌い踊る。コロスの人数はアイスキュロスの時代に十二人だったが、ソポクレスはこれを十五人に増やした。

プロロゴス（序）　登場人物＝①オイディプス、②神官、③クレオン
　パロドス（コロスの入場歌）
第一エペイソディオン　登場人物＝①オイディプス、③テイレシアス
　第一スタシモン（コロスの群唱舞踏）
第二エペイソディオン　登場人物＝①オイディプス、②イオカステ、③クレオン
　第二スタシモン（コロスの群唱舞踏）
第三エペイソディオン　登場人物＝①オイディプス、②イオカステ、③使者
　第三スタシモン（コロスの群唱舞踏）
第四エペイソディオン　登場人物＝①オイディプス、②羊飼い、③使者
　第四スタシモン（コロスの群唱舞踏）
エクソドス（最終場）　登場人物＝①オイディプス、②使者、③クレオン

「エペイソディオン」とは、現在の「エピソード　epi-（間の）＋sode（入る）」の語源となる語であり、スタシモンと次のスタシモンとの間にある部分を指す。これは俳優による対話部であり、「訳者あとがき」に述べるとおり、基本的に一行十二音節か

ら成っている。

スタシモンは、コロスの歌であり、ストロペー（旋回＝右から左へ回る）とアンティストロペー（反旋回＝左から右へ回る）から成り立っており、本書では「正旋舞歌」「対旋舞歌」と訳した。ソポクレスはコロスを二分して、一方に正旋舞歌を、他方に対旋舞歌を歌い舞わせたかもしれないと言われている。エクソドスは、終結部でコロスの歌がない部分である。

このほか、コンモス（コロスと俳優とが交互に歌う嘆きの歌）が二度挿入されているが、その一つ目は、第二エペイソディオンの後半部、六四九～六六八行、六七八～六九七行にあり、二つ目はエクソドスの途中、一二九七～一三六八行にある。

アリストテレスはソポクレスのコロスの使い方を褒めており、筋に関与した役割を果たしていることを高く評価している。オイディプスがクレオンを罰しようとするのをやめさせるのはコロスであり、ある意味で役者のように機能しているというわけである。いずれにせよ、コロスは声を合わせて韻文を歌い上げるところにその迫力があることは疑いない。韻律については「訳者あとがき」を参照されたい。

ソポクレス年譜

紀元前四九七／前四九六年頃
ギリシャのアッティカの村ヒッペイオス・コロノス在住の裕福な武具製造者ソピィロスとその妻イオカステの息子として誕生。裕福な家庭の子息として、詩、音楽、舞踏、体操など十分な教育を受ける。

紀元前四八〇年　一六歳頃
特に音楽と舞踏に秀でていたため、サラミスの海戦のあとアテーナイの勝利を祝う歌の少年合唱隊のリーダーを務める栄誉を得る。

紀元前四六八年　二八歳頃
ディオニューソス劇場で毎年開かれている演劇祭である大ディオニューシア祭に初めて参加し、新作悲劇『トリプトレモス』を発表して優勝。大先輩のアイスキュロスは第二位に甘んじた。

紀元前四六三年？　三三歳頃
大ディオニューシア祭で第二位（作品名は不詳）。優勝はアイスキュロスのダナイデス三部作。

紀元前四六一年　三五歳頃
貴族派のキモンが陶片追放によって正

式に国外追放され、政治家ペリクレスがアテーナイの最高権力者となり、全アテネ市民による政治参加が促進された。

紀元前四四九年　**四七歳頃**
ペルシア戦争に勝利したアテーナイは勢力を増し、全盛期を迎える。その結果スパルタと軋轢《あつれき》を生じ、後にペロポネソス戦争を招くことになる。

紀元前四四五年頃　**五一歳頃**
『アイアース』執筆。

紀元前四四三／前四四二年　**五三～五四歳頃**
ペリクレスによりアテーナイの税務官として採用され、町の財政を管理。

紀元前四四二年？　**五四歳頃**
大ディオニューシア祭にて、『アンティゴネー』で恐らく優勝。

紀元前四四一／前四四〇年　**五五～五六歳頃**
アテーナイの行政を司る十人の将軍の一人に選ばれ、ペリクレスとともに対サモス戦に参加。恐らく前四三九年の初夏まで従軍。

紀元前四三八年　**五八歳頃**
大ディオニューシア祭にて優勝。エウリピデスの『アルケースティス』が三位。

紀元前四三五年～前四二八年頃　**六一～六八歳頃**
『トラキスの女たち』執筆。

紀元前四三一年　**六五歳頃**
ペロポネソス戦争勃発。大ディオニューシア祭にて第二位（第三位はエウリピデスの『メディア』）。

紀元前四二九年頃　六七歳頃
『オイディプス王』執筆。

紀元前四二七年？　六九歳頃
大ディオニューシア祭にて『オイディプス王』が恐らく二位。一位はアイスキュロスの甥ピロクレスが獲得。この頃再び将軍として活躍。

紀元前四二〇年～前四一〇年頃　七六～八六歳頃
『エレクトラ』執筆。

紀元前四一三年　八三歳頃
シシリアにおけるアテーナイ軍敗北についての調査委員会の委員となる。

紀元前四〇九年　八七歳頃
『ピロクテーテース』執筆。

紀元前四〇六／前四〇五年　九〇歳頃
ソポクレス死去。

紀元前四〇一年　死後五年
大ディオニューシア祭にてソポクレスの孫がソポクレスの『コロノスのオイディプス』を上演して優勝する。

訳者あとがき

光文社編集部より『オイディプス王』翻訳の依頼を頂いたときは、ギリシャ語が読めない私でよいのだろうかと正直少し驚いた。しかし、英語からの重訳でかまわないとの話だったので、それならばとお引き受けした。と言うのも、長年あちこちで西洋演劇史を講義してきて、演劇の原点と言えばギリシャ悲劇、その代表作は『オイディプス王』と教えてきたし、これほど古典の名にふさわしく、これほど緊密にできている作品は他にないからである。新国立劇場演劇研修所では必読書に指定して毎年の講義の課題作としてきたから、私としても日本語を介する前の原作の姿を知りたいという思いがあった。原作をきちんと表現している定番とも言える英訳版がもしあるなら、重訳であってもやりがいのある仕事になるはずだった。

そこで、まず相談した相手は、蜷川幸雄さんが演出したギリシャ悲劇の翻訳を手掛けていらしたギリシャ悲劇研究者の山形治江さんだ。原文の韻文をきちんと表現した英訳はありますかとお尋ねしたところ、そもそも三大悲劇作家時代の古代ギリシャ語と現代ギリシャ語とは基本的な文法構造は同じでも発音も規則も違うし、英訳はどれも自由訳であるとのお答えを頂いた。なるほど韻律の構造がギリシャ語と英語では根本的に違う以上、原文の韻律が英語で表現できないというのも不思議ではない。私自身さまざまな英訳の『オイディプス王』を比較検討したところ、どれもてんでんばらばらに思われたのも仕方のないことなのだと理解した。

それで途方に暮れてしまった。頼りになる英訳が一つもないのだ。とすると、私には翻訳は不可能なのだろうか。そう思いながらも片っ端から『オイディプス王』の英訳本や、ギリシャ語と英語の対訳本などを漁っていると（それらは巻頭の凡例に掲げた）、そのうちにギリシャ語の原文に対して英語で注記が施されているルイス・キャンベル編注のオックスフォード版に巡り合った。テクストはギリシャ語であるのに、注が英語なのだ。これなら、シェイクスピアの『ジュリアス・シーザー』第一幕第二場でキャスカがいみじくも〝it was Greek to me〟（ちんぷんかんぷんだ）と言ったように私にとって「ちんぷんかんぷん」のギリシャ語を睨みながらも、それぞれの行が何を意味しているのかがわかる。さらに原文の行数を表示しながら英語で注釈が書かれている本も（カマービーク著とダウ著の）二冊見つかって、いっそう助かった。このほかにもう一冊、ケンブリッジ大学トリニティ・カレッジで古典を学び、ケンブリッジ大学教授ともなったサー・リチャード・ジェッブによる英語注記付きの対訳本も見つかり、これが最も信頼に足るものであって解釈も最も納得できるように思えたので、これを底本とすることにした。

英訳を読み比べていたときには、行数さえ訳によって異なっていて、どれが正しいのかわからず頭を抱えていたのだが、原文を前に置けばそういい加減なものは排除できる。さらに原文の改行についても、パロドスやスタシモンなどの歌では、伝統的な改行が施されているがゆえに行数表示に混乱が起きているように見えることもわかってきた（後述）。

こうしてお膳立てが整うと、シェイクスピアの戯曲を訳す際に原文のリズムを重視して訳してきたように、上演台本として原文の言葉の構造をできるだけ尊重して翻訳していく態勢はできた。

とは言え、シェイクスピアと同じというわけにはいかない。ギリシャ語の韻律は、音の長さによって形成されるモーラ（拍）を単位とし、英語の強勢韻律とは構造が違うからだ。短音は八分音符と同じ価値を持ち、長音は四分音符に相当し、二倍の長さとなる。エペイソディオンなどの俳優による会話の大部分は、短長三歩格（イアンボス・トリメトロス、英語では iambic trimeter）から成るが、ギリシャ語ではイアンボスは「短長」を二度繰り返して一つの詩脚とみなすので、「短長短長」という四音節が三回繰り返され、一行につき十二音節となる（英語なら短長六歩格と呼ぶところ）。短音を˘で表し、長音を-で表せば、一行は次のような韻律となる。

˘ - ˘ - | ˘ - ˘ - | ˘ - ˘ -

このパターンが繰り返されることで、台詞に勢いがつく。ある種のリズムの変化はあっても、長い沈黙や呻《うめ》きといったものが入る余地はない。ある逸話によれば、ソポクレスは晩年に『アンティゴネー』を音読して、間が一切ないまま続いていく最終部の長い台詞にさしかかると、息が続かなくなり死んでしまったという（S. Radt, *The Lives of the Greek Poets*, trans. M. Lefkowitz［Johns Hopkins UP, 1981］, pp. 160-3）。ことの真偽はともかく、それほど台詞に勢いがあったことを示す逸話だと言えよう。この翻訳ではそうした勢いを特に重視して訳した。一つ一つの台詞の訳をこれまでのものよりも短くしてテンポを上げたのもそれゆえである。

一行ずつの対話である一行対話（スティコミューティアー *stichomythia*）や、その一行を二人で分割するアンティラベー *antilabe*——英語ではハーフ・ラインやシェアド・ラインなどと呼ばれる——になると、さらにその勢いは強調される（六二六～六二九行、一一七三～一一七六行、一五一六～一五二二行）。また、一行対話でなくともアンティラベーは起こる（六五五行、六八二行、一一二〇行など）。アンティラベーが起こると、間髪を容れずに読まなければならないのでテンポが速くなるのだ（それはシェイクスピアも同じである）。

アンティラベーが起こるのは一行が十二音節と定まったエペイソディオン（会話部分）においてであるが、これに対してパロドスやスタシモンなどのコロスの台詞は歌であり、多様な韻律が用いられている。しかも、正旋舞歌（ストロペー）の行数や韻律がそっくりそのまま対旋舞歌（アンティストロペー）で繰り返されるという形式になっている。次に示す例から、パロドス（入場の歌）の第一の正旋舞歌（最初の七行）と対旋舞歌（あとの七行）で同じ形になっていることは、視覚的にも確認できるだろう。

ὦ Διὸς ἁδυεπὲς φάτι, τίς ποτε τᾶς πολυχρύσου
Πυθῶνος ἀγλαὰς ἔβας
Θήβας; ἐκτέταμαι, φοβερὰν φρένα δείματι πάλλων,
ἰήιε Δάλιε Παιάν,
ἀμφὶ σοὶ ἁζόμενος τί μοι ἢ νέον
ἢ περιτελλομέναις ὥραις πάλιν ἐξανύσεις χρέος.
εἰπέ μοι, ὦ χρυσέας τέκνον Ἐλπίδος, ἄμβροτε Φάμα.

πρῶτά σε κεκλόμενος, θύγατερ Διός, ἄμβροτ᾽ Ἀθάνα,
γαιάοχόν τ᾽ ἀδελφεὰν
Ἄρτεμιν, ἃ κυκλόεντ᾽ ἀγορᾶς θρόνον εὐκλέα θάσσει,
καὶ Φοῖβον ἑκαβόλον, ἰὼ
τρισσοὶ ἀλεξίμοροι προφάνητέ μοι,
εἴ ποτε καὶ προτέρας ἄτας ὕπερ ὀρνυμένας πόλει
ἠνύσατ᾽ ἐκτοπίαν φλόγα πήματος, ἔλθετε καὶ νῦν.

注意しなければならないのは、本書で採用したジェッブやキャンベルが示すギリシャ語原文では伝統的に受け入れられてきた改行を用いているため、行数表示と齟齬《そご》をきたしている点だ。ここに引用したパロドスを例にすれば、一五五行の二行あとが一五七行ではなく、一五八行となっている。これは次のように説明できる。第一正旋舞歌では、一五二、一五四、一五五の短い行以外は長短短六歩格となっており、本来一五七行として独立すべき ἐξανύσεις χρέος. が一五六行と合体して長短短六歩格を形成しているのである。つまり、一五五行の次の行が、一五六行プラス一五七行目になっているためにその次の行が一五八行なのである。

次の対旋舞歌では、一六五行の ὀρνυμένας πόλει が一六四行（εἴ ποτε καὶ προτέρας ἄτας ὕπερ）と合体し、一六七行の ἔλθετε καὶ νῦν. が一六六行（ἠνύσατ᾽ ἐκτοπίαν φλόγα πήματος,）と合体して、それぞれ長短短六歩格を形成している。類似の現象がスタシモンとコンモスにおいても起こっている。凡例に挙げたドウの巻末解説、ジェッブの巻頭解説、キャンベルの脚注が、パロドスのみならず四つのスタシモンとコンモスについて韻律分析を行っており、本書の解釈もそれらに基づく。行数表示のずれが気になる場合はそちらを参照されたい。

こうした韻律を日本語で表現するのは不可能ではあるものの、せめて各行の長さぐらいは意識して、この戯曲が音の響きを重視していることを念頭に置いて訳したつもりである。このような行の不均衡なパターンはシェイクスピアには見られないことではあるが、韻文が歌詞として機能していることを再認識させてくれる。換言すれば、パロドスやスタシモンをいかに歌い上げるかが、本作上演の際に考えなければならない重要な演出課題になると言えよう。

シェイクスピアを訳しているときから、韻文によって音楽の譜が記されているのだという感覚はあったが、ギリシャ悲劇を訳してみてその思いは一層強まった。言葉を言うタイミング、強さないし長さは決まっていて、俳優はいわば楽器なのだ。譜面どおりに台詞を歌い上げなければならない。

そして、訳す際にはいつものとおり声に出して台詞としての響きを確認する作業を欠かさなかった。それゆえ、上演台本として、最も原作の言葉の音楽性を表現し得たという自負がある。

ギリシャ悲劇においては、新劇と違って台詞は内面から作るのではなく、楽器と同様に、まず音として決められたタイミングで発しなければならないのだ。もちろん、指揮者や演奏者が違えば同じ譜面であっても演奏が違ってくる音楽と同様に、ギリシャ悲劇でも、公演によってその質は変化する。そして、やはり音楽の場合と同様に、その音には情感が籠められていなければならない。

ギリシャ悲劇もシェイクスピアも同じく「古典」という枠組みでとらえられるのは、まさにこの点において共通しているからだと言ってよいだろう。声に出してみたとき、古典のよさが実感できるのである。

なお、既訳では念のため高津春繁訳（ちくま文庫）、藤沢令夫訳（岩波文庫）、岡道男訳（岩波書店）、福田恆存訳（新潮文庫）、山形治江訳（劇書房）、北野雅弘訳（論創社）を参照した。記して感謝する。

二〇一七年八月

河合祥一郎

付記　日本における主な上演

◆芸術座、中村吉蔵演出（一九一六年五月）：オイディプス（O）＝澤田正二郎、イオカステ（I）＝松井須磨子

◆東京大学ギリシャ悲劇研究会、中島貞夫演出、研究会翻訳、日比谷野外大音楽堂（一九五八年六月二日）：O＝加村赳雄

◆くるみ座、山崎正和脚色（一九六一年）

◆劇団俳優小劇場、早野寿郎演出、山崎正和脚色（一九六八年八月）

◆冥の会公演、観世栄夫演出主演、山崎正和脚色、砂防会館（一九七一年八月）

◆ギリシア国立劇場来日公演（一九七四年二月）

◆東宝、蜷川幸雄演出、ホーフマンスタール脚本、日生劇場（一九七六年五月）：O＝市川染五郎（現・松本白鸚）、I＝小川真由美、クレオン（C）＝中尾彬、テイレシアス（T）＝菅野菜保之、コリントスの使者（M）＝塩島明彦、羊飼い（S）＝西村晃、神官（P）＝天本英世、長老＝内山恵司ほか、コロス＝百五十人

◆東宝、蜷川幸雄演出、高橋睦朗（修辞）、築地本願寺（一九八六年五月）：O＝平幹二朗、I＝A・パパサナシウ、C＝津嘉山正種
◆鈴木忠志構成演出、静岡県舞台芸術公園野外劇場「有度」（二〇〇〇年八月）
◆ク・ナウカ、宮城聰構成演出（二〇〇〇年）：O＝美加理（動）／阿部一徳（声）、I＝江口諒（動）／吉田桂子（声）（五月＝利賀村野外劇場、七月＝東京都庭園美術館、八月＝日比谷公園野外大音楽堂）
◆蜷川幸雄演出、山形治江訳、シアターコクーン（初演二〇〇二年六月、再演二〇〇四年五～六月）：O＝野村萬斎、I＝麻実れい、C＝吉田鋼太郎、T＝菅野菜保之（初演）、壤晴彦（再演）、M＝川辺久造、S＝山谷初男、P＝塾一久（初演）、瑳川哲朗（再演）、報告者＝菅生隆之、コロス＝沢竜二ほか、二〇〇二年七月新潟、大阪、二〇〇四年六月福岡、七月一日～三日アテネ古代劇場へロデス・アティコスで上演
◆幹の会＋リリック公演、平幹二朗演出、福田恆存訳、紀伊國屋サザンシアター（二〇〇四年十一月）：O＝平幹二朗、I＝鳳蘭、C＝原康義、T＝藤木孝、M＝渕野俊太、S＝坂本長利、P＝深沢敦、コロス＝後藤加代、廣田高志ほか
◆新国立劇場＋SPAC共同制作、鈴木忠志構成演出、福田恆存訳（二〇〇六年十

一月）：O＝ゲッツ・アルグス、I＝久保庭尚子、C＝貴島豪、T＝蔦森皓祐、M＝高橋等、S＝加藤雅治（二〇〇四年八月に利賀村野外劇場で三カ国語上演I＝エレン・ローレン［アメリカ］、二〇〇五年五月に静岡芸術劇場上演時はC＝新堀清純以外は同じ）

◆劇団山の手事情社、安田雅弘構成演出、シビウ国際演劇祭凱旋公演、アサヒ・アートスクエア（二〇一〇年九月）：O＝山口笑美

◆さいたまネクスト・シアター第四回公演、蜷川幸雄演出、小塩節／前野光弘訳、彩の国さいたま芸術劇場インサイド・シアター（二〇一三年二月）：OC＝川口覚／小久保寿人、I＝土井睦月子（ケイト）、T＝堀源起、M＝松田慎也、S＝手打隆盛

◆宝塚バウホール専科公演、小柳奈穂子脚色演出（二〇一五年八月）：O＝轟悠、I＝凪七瑠海、C＝華形ひかる、T＝飛鳥裕、M＝悠真倫、S＝沙央くらま、コロスの長＝夏美よう、巫女＝憧花ゆりの、報せの男＝光月るう

◆KAAT神奈川芸術劇場プロデュース、杉原邦生演出、河合祥一郎訳、KAAT神奈川芸術劇場大スタジオ（二〇一八年十二月）：O＝中村橋之助、I＝南果歩、C＝T＝宮崎吐夢、コロス＝大久保祥太郎、山口航太、箱田暁史、新名基浩、山森大輔、立和名真大

kobunsha classics
光文社古典新訳文庫

オイディプス王《おう》

著者 ソポクレス
訳者 河合《かわい》 祥一郎《しょういちろう》

2017年9月20日 初版第1刷発行
2025年3月25日 第4刷発行

発行者 三宅貴久
印刷 新藤慶昌堂
製本 ナショナル製本

発行所 株式会社光文社
〒112-8011東京都文京区音羽1-16-6
電話 03（5395）8162（編集部）
03（5395）8116（書籍販売部）
03（5395）8125（制作部）
www.kobunsha.com

ISBN978-4-334-75360-3 Printed in Japan

いま、息をしている言葉で、もういちど古典を

長い年月をかけて世界中で読み継がれてきたのが古典です。奥の深い味わいある作品ばかりがそろっており、この「古典の森」に分け入ることは人生のもっとも大きな喜びであることに異論のある人はいないはずです。しかしながら、こんなに豊饒で魅力に満ちた古典を、なぜわたしたちはこれほどまで疎んじてきたのでしょうか。

ひとつには古臭い教養主義からの逃走だったのかもしれません。真面目に文学や思想を論じることは、ある種の権威化であるという思いから、その呪縛から逃れるために、教養そのものを否定しすぎてしまったのではないでしょうか。

いま、時代は大きな転換期を迎えています。まれに見るスピードで歴史が動いていくのを多くの人々が実感していると思います。

こんな時わたしたちを支え、導いてくれるものが古典なのです。「いま、息をしている言葉で」——光文社の古典新訳文庫は、さまよえる現代人の心の奥底まで届くような言葉で、古典を現代に蘇らせることを意図して創刊されました。気取らず、自由に、心の赴くままに、気軽に手に取って楽しめる古典作品を、新訳という光のもとに読者に届けていくこと。それがこの文庫の使命だとわたしたちは考えています。

このシリーズについてのご意見、ご感想、ご要望をハガキ、手紙、メール等で翻訳編集部までお寄せください。今後の企画の参考にさせていただきます。

メール　info@kotensinyaku.jp